泰坦尼克号

朱丽亚的沉船日记 | 1912年 |

Christine Féret-Fleury

〔法〕克里斯蒂娜·费雷-弗勒里 著

蔡燕 译

人民文学出版社

PEOPLE'S LITERATURE PUBLISHING HOUSE

著作权合同登记号　图字 01-2019-0622

S.O.S. Titanic

图书在版编目（CIP）数据

泰坦尼克号：朱丽亚的沉船日记 /（法）克里斯蒂
娜·费雷-弗勒里著；蔡燕译. -- 北京：人民文学出版
社, 2023
　（日记背后的历史）
　ISBN 978-7-02-018146-9

　Ⅰ.①泰… Ⅱ.①克… ②蔡… Ⅲ.①儿童小说－长
篇小说－法国－现代 Ⅳ.①I565.84

中国国家版本馆 CIP 数据核字 (2023) 第 133923 号

责任编辑　李　娜　王雪纯
装帧设计　李苗苗

出版发行　人民文学出版社
社　　址　北京市朝内大街 166 号
邮　　编　100705

印　　刷　凸版艺彩（东莞）印刷有限公司
经　　销　全国新华书店等

字　　数　72 千字
开　　本　890 毫米 ×1240 毫米　1/32
印　　张　5
版　　次　2023 年 5 月北京第 1 版
印　　次　2023 年 5 月第 1 次印刷

书　　号　978-7-02-018146-9
定　　价　39.00 元

如有印装质量问题，请与本社图书销售中心调换。电话：010-65233595

序

老少咸宜，多多益善

——读《日记背后的历史》丛书有感

钱理群

这是一套"童书"；但在我的感觉里，这又不止是童书，因为我这七十多岁的老爷爷就读得津津有味，不亦乐乎。这两天我在读"丛书"中的两本《王室的逃亡》和《法老的探险家》时，就有一种既熟悉又陌生的奇异感觉。作品所写的法国大革命，是我在中学、大学读书时就知道的，埃及的法老也是早有耳闻；但这一次阅读却由抽象空洞的"知识"变成了似乎是亲历的具体"感受"：我仿佛和法国的外省女孩露易丝一起挤在巴黎小酒店里，听那些平日谁也不注意的老爹、小伙、姑娘慷慨激昂地议论国事，"眼里闪着奇怪的光芒"，举杯高喊："现在的国王不能再随心所欲地把人关进大牢里去了，这个时代结束了！"齐声狂歌："啊，一切都会好的，会好的，会好的……"我的心都要跳出来了！我又突然置身于3500年前的神奇的"彭特之地"，和出身平民的法老的伴侣、十岁男孩米内迈斯一块儿，突然遭遇珍禽怪兽，紧张得屏住了呼吸……这样的似真似假的生命体验实在太棒了！本来，自由穿越时间隧道，和远古、异域的人神交，这是人的天然本性，是不受年龄限制的；这套童书充分满足了人性的这一精神欲求，就做到了老少咸宜。在我看来，这就是其魅力所在。

　　而且它还提供了一种阅读方式：建议家长——爷爷、奶奶、爸爸、妈妈们，自己先读书，读出意思、味道，再和孩子一起阅读，交流。这样的两代人、三代人的"共读"，不仅是引导孩子读书的最佳途径，而且还营造了全家人围绕书进行心灵对话的最好环境和氛围。这样的共读，长期坚持下来，成为习惯，变成家庭生活方式，就自然形成了"精神家园"。这对孩子的健全成长，以至家长自身的精神健康，家庭的和睦，都是至关重要的。——这或许是出版这一套及其他类似的童书的更深层次的意义所在。

我也就由此想到了与童书的写作、翻译和出版相关的一些问题。

所谓"童书"，顾名思义，就是给儿童阅读的书。这里，就有两个问题：一是如何认识"儿童"，二是我们需要怎样的"童书"。

首先要自问：我们真的懂得儿童了吗？这是近一百年前"五四"那一代人鲁迅、周作人他们就提出过的问题。他们批评成年人不是把孩子看成是"缩小的成人"（鲁迅：《我们现在怎样做父亲》），就是视之为"小猫、小狗"，不承认"儿童在生理上心理上，虽然和大人有点不同，但他仍是完全的个人，有他自己的内外两面的生活。儿童期的十几年的生活，一面固然是成人生活的预备，但一面也自有独立的意义和价值"（周作人：《儿童的文学》）。

正因为不认识、不承认儿童作为"完全的个人"的生理、心理上的"独立性"，我们在儿童教育，包括童书的编写上，就经常犯两个错误：一是把成年人的思想、阅读习惯强加于儿童，完全不顾他们的精神需求与接受能力，进行成年人的说教；二是无视儿童精神需求的丰富性与向上性，低估儿童的智力水平，一味"装小"，卖弄"幼稚"。这样的或拔高，或矮化，都会倒了孩子阅读的胃口，这就是许多孩子不爱上学，不喜欢读所谓"童书"的重要原因：在孩子们看来，这都是"大人们的童书"，与他们无关，是自己不需要、无兴趣的。

那么，我们是不是又可以"一切以儿童的兴趣"为转移呢？这里，也有两个问题。一是把儿童的兴趣看得过分狭窄，在一些老师和童书的作者、出版者眼里，儿童就是喜欢童话，魔幻小说，把童书限制在几种文类、有数题材上，结果是作茧自缚。其二，我们不能把对儿童独立性的尊重简单地变成"儿童中心主义"，而忽视了成年人的"引导"作用，放弃"教育"的责任——当然，这样的教育和引导，又必须从儿童自身的特点出发，尊重与发挥儿童的自主性。就以这一套讲述历史文化的丛书《日记背后的历史》而言，尽管如前所说，它从根本上是符合人性本身的精神需求的，但这样的需求，在儿童那里，却未必是自发的兴趣，而必须有引导。历史教育应该是孩子们的素质教育不可缺失的部分，我们需要这样的让孩子走近历史、开阔视野的人文历史知识方面的读物。而这套书编写的最大特点，是通过一个个少年的日记让小读者亲历一个历史事件发生的前后，引导小读者进入历史名人的生活——如《王室的逃亡》里的法国大革命和路易十六国王、王后；《法老的探险家》里的彭特之地的探险和国王图特摩斯，连小主人翁米内迈斯也是实有的历史人物。每本书讲述的都是"日记背后的历史"，日记和故事是虚构的，但故事发生的历史背景和史实细节却是真实的，这样的文学与历史的结合，故事真实感与历史真实性的结合，是极有创造性的。它巧妙地将引导孩子进入历史的教育目的与孩子的兴趣、可接受性结合起来，儿童读者自会通过这样的讲述世界历史的文学故事，从小就获得一种历史感和世界视野，这就为孩子一生的成长奠定了一个坚实、阔大的基础，在全球化的时代，这是一个人的不可或缺的精神素质，其意义与影响是深远的。我们如果因为这样的教育似乎与应试无关，而加以忽略，那将是短见的。

这又涉及一个问题：我们需要怎样的童书？前不久读到儿童文学评论家刘绪源先生的一篇文章，他提出要将"商业童书"与"儿童文学中的顶尖艺术品"作一个区分（《中国童书真的"大胜"了吗？》，载 2013 年 12 月 13 日《文汇读书周报》），这是有道理的。或许还有一种"应试童书"。这里不准备对这三类童书作价值评价，但可以肯定的是，在中国当下社会与教育体制下，它们都有存在的必要，也就是说，如同整个社会文化应该是多元的，童书同样应该是多元的，以满足儿童与社会的多样需求。但我想要强调的是，鉴于许多人都把应试童书和商业童书看作是童书的全部，今天提出艺术品童书的意义，为其呼吁与鼓吹，是必要与及时的。这背后是有一个理念的：一切要着眼于孩子一生的长远、全面、健康的发展。

因此，我要说，《日记背后的历史》这样的历史文化丛书，多多益善！

2013 年 2 月 15—16 日

纪念我的父亲，让·弗勒里

他在纽芬兰岛海域航海

———克里斯蒂娜·费雷-弗勒里

1912年4月1日

今天是我的生日！

"你14岁了。"早上妈妈一边给我梳理乱蓬蓬的头发，一边对我说，"该懂事点了！"

她把我的辫子盘到头顶，打量着我。在梳妆台的镜子里，我看到她皱起了眉，我想她一定又一次发现了我脸上的雀斑、过于突出的下颌和浓密的眉毛，这些在她看来，都使我的长相缺少女孩子的感觉。不过，她只是叹了口气，用一根手指轻抚着我的脸颊。我知道她在想什么：我不漂亮。不会有男生向我献殷勤，我会变成老姑娘……这没什么：我可不想结婚！所有我认识的结了婚的女人都和我妈妈、阿德里亚娜伯母一样：体面、忙碌、闷闷不乐。属于我的是完全不一样的命运：我会环游世界，成为一名著名的记者，一个探险家，就像金斯利女士一样，她在喀麦隆山顶的两块石头上留下了她的名片，以此嘲笑那些醉心于个人荣耀的男人，或者像安娜·布朗特女士那样，去年冬天我看了她写的《内德贾德的朝圣》——这本书实在太棒了！

在离开我的房间之前，妈妈帮我扣上了苏格兰格子连衣裙。我最喜欢这条裙子了，裙摆松散，我终于能甩开步子走路了。这样做似乎不太得体。"女孩子是不可以像步兵将军一样走路的。"我的阿尔弗雷多这么认为。有时候，要记住什么应该做、什么不应该做，我感觉头都快要爆炸了。

"这些裙子都得改得再长一些，"妈妈说，"你不再是小女孩了，不能像这样露出腿肚子。也许可以在下面加一条边……至少一条镶边嵌线……我正好有一块棕色丝绒的边角料……"

正在这时，我哥哥路奇一阵风似的闯了进来，给我解了围。我才不想穿着长裙走路，也不想穿紧身胸衣、戴手套、戴发卡。我讨厌镶边嵌线和棕色丝绒。这真不公平：路奇就可以在街上和同学散步，可以踢足球，可以到码头看船……所有这些，都只因为他是个男孩。而我，必须帮妈妈去杂货铺买东西、擦亮铜器、掸钟上的灰、缝补袜子……

"路奇！"妈妈训斥道，"你不会敲门吗，非得这样冲进来？"

"嗯……"我哥哥嘟囔道，"我太急了，妈妈。约翰和帕特在等我，我得来送礼物。生日快乐、愚人节快乐！祝你美梦成真！"

他在我的耳边亲了一下，塞给我一个胡乱扎着的包裹。我还没来得及谢他，他就一溜烟跑了。

❀

我迫不及待地撕开了皱皱的包装纸。一个大大的惊喜！一本厚厚的本子——就是我现在写的这本——红色精装封面上印着这几个金色的字：我的日记。亲爱的路奇！有时候，我感觉他一忙起自己的事情，连理都不理我。可是，只有他能猜出我最大也是最隐秘的梦想：写作。在爸爸妈妈看来，我只要能算店里的账、能给供应商写信就行了，这就是为什么一年前我离开了学校。我倒没有很伤心，因为我早就觉得厌烦了。学校只有两位女授课老师和一位女辅导老师布朗小姐，我们大部分的时候都在一边听她念《圣经》，一边缝抹布边或者编织网线袋。好几次，我都睡着了……现在，我在公共图书馆办了卡：图书管理员人很好，她马上明白给我推荐"给女孩读的"小说不顶用。我读过几本这样的书，不过很快就读腻了。这些书的内容都一样：女主角贫穷但是贤淑（当然也很漂亮），为生计所迫，她来到一个贵族家庭做女教师。这家的儿子疯狂地爱上了她，他的父母却反对他们的结合。女孩被赶走、遭受到羞辱，但始终保持着令人赞叹的尊严……最后，她救了一个破产的公爵，或者绝望的公爵，或者破产、绝望的公爵，公爵收养了她，并留给她一笔财富，她终于能够嫁给她的一生所爱，一切最终在感动和懊悔的热泪中结束。这些对我来说可不够！我更喜欢游记和冒险小说。我刚刚看完一本罗伯森先生的《徒劳无功》，是关于一艘巨大的邮轮。

它在海上航行时不顾警戒，撞上了一艘帆船，并把它拦腰撞成了两截……船长给了值班的人100英镑让他别把这个"意外"说出去，但是紧接着报应降临了：邮轮撞上了一座冰山，邮轮上的大多数乘客都随巨轮一起消失在了大洋深处……嘶！我背后一阵发凉。躺在暖暖的鸭绒被里，我仿佛看到面前竖起了一面高高的冰墙，闪着微微的蓝光。我仿佛听到那些想要登上救生艇却跌进冰水中的可怜人的叫喊！我在床上翻来覆去，直到午夜钟声敲响。但是，最后妈妈走了进来，把我的灯带走了，对我说这样会弄坏眼睛的。

✳

早饭的时候，爸爸送给我一条花边领子，妈妈送了我一个针线盒，而莫莉，我家的女佣，送了我她自己做的一个针线插包。我急切地盼望着今晚的到来，因为我的伯伯、伯母会来家里吃晚餐，我肯定还会收到其他的礼物！

我刚刚听到店里的铃响了，是老威瑟斯小姐，她每天早上8点都会来拿她的鸡蛋，总是说："多新鲜啊，我的孩子！我可受不了变质的食物！"我得下楼了。

4月2日　凌晨1点

房子里静悄悄的，大家都在熟睡中。我小心翼翼不发出声响，把长枕靠门放着，以防光线穿过门缝照到走廊上。我等不到明天就要把今晚发生的事情记下来。

我的伯伯、伯母是在快6点的时候到的。阿尔弗雷多伯伯送了我一根绿丝绒发带（他是缝纫用品代理商，我怀疑这礼物没花他一分钱）。阿德里亚娜伯母送我的礼物是一个装着妈妈照片的像章，照片有些泛白。

"那时候她和你现在一样大，朱丽亚，"她激动地说，"我们到纽约几个月之后拍的这张照片，那时我在第五大道上的一家女帽商店工作，这张照片花了我快一个月的工资！爸爸为此还发了火！不过，我坚持要拍。我还印了一张送给你的曾外祖母：我那可怜的奶奶她可开心了！"

我谢过伯母，她帮我把像章戴在脖子上。现在，它就在我的面前，在我的小桌子上，14岁的安娜用一种严肃倔强的神情看着我。我喜欢她的脸：她看起来准备攥住生活展示给她的所有新鲜事物。谁会想到这种热情会把她带往布鲁克林的一家杂货铺，她将会在此驻守，安于这样的命运？她为没有了解更多的事情而后悔过吗？我很想问她这些问题，但是我不敢。她会回答我，基督徒女性最需要关心的事情是奉献他人，要忘记自我，只有牺牲才能找到幸福。然后她会找个借口避免继续讨论这个问题，她会说自己很忙，没时间继续她认为的"被宠坏孩子的胡思乱想"。

"我在你那么大的时候……"

是的，妈妈，我知道。在我那么大的时候，你刚同你爸爸和姐姐从意大利来到美国。你的妈妈在你出生时就死了，你的姐姐阿德里亚娜很长时间都扮演着"小妈妈"的角色。你穿着有洞的高帮鞋子，整天给有钱人家的女孩缝衣服，每分钱都得算着用，洗澡用的是黑肥皂，我无法了解你的幸福所在。也许你有道理，可是……

我刚把我写的东西看了一下：什么乱七八糟的！如果我不学会怎么整理我的思路，我就没法成为记者。我应当从……开头，也就是从"我的外貌和性格描述"开始，正如学校的女校长米多维斯说的那样，她每一年都出同样的作文题目。

一切从零开始：

我的名字是朱丽亚·法奇尼，1898年4月1日出生在布鲁克林我爸爸杂货铺的后间里。当时我妈妈还在上楼梯，我就迫不及待地来到了世上！助产士来得太晚了：我已经在爸爸怀中大哭了，他很开心家中添了一个小婴儿。路奇比我早两年出生，为此，爸爸还让人漆了一块新招牌："法奇尼和儿子"。我的出生并没有在墨绿色招牌上增加黄色的字母，不过他给了我一个教皇祝圣过的圣母像章：这个像章被放在一个填满棉絮的小铁盒子里，从罗马出发，经过热那亚，漂洋过海来到这里，带着家乡所有亲戚的美好祝愿——

在老家，我还有好多伯伯、阿姨、表兄弟姐妹。

我的父母有了两个孩子要抚养，需要加倍努力奋斗。不久之后，狭小阴暗的小铺子就没地方了，里面还杂乱地堆满了罐头、腌菜桶、奶酪、李子和橘子篮、饼干盒、肥皂、扫帚、蜡烛、缝纫用品和其他各种东西。他们推倒了一面隔墙，把门面扩大，把卧室移到顶楼。生意开始有了起色，妈妈请了一个女佣来做重活：莫莉，一个脸色红润、蓝色眼睛的爱尔兰人。我小的时候，她经常照顾我，我很喜欢她。不过，妈妈说"她的性格不可理喻"。也许就因为这样，我也有一副倔脾气！

我的伯母阿德里亚娜和伯伯阿尔弗雷多是我们在美国唯一的亲戚。他们没有孩子，于是就像爸爸说的那样：他们活得"游刃有余"。我的伯母如今有了她自己的女帽作坊，她的品位很不错，她家的帽子很受欢迎。对于移民来说，这是不小的成就，因为到纽约的时候，他们拥有的几乎只有自己的随身衣物。妈妈经常会跟我说起他们从意大利过来的旅程，她觉得那是真正的地狱。三等舱的乘客每 50 个挤在一个房间里，当中还放满了行李包裹，他们只可以在规定的时间上甲板，船上的伙食也很差。更糟糕的是，她全程都受着晕船的折磨。

爸爸则是在布鲁克林出生的，他的父母 1860 年就来到这里定居下来。和我一样，他也是在出租马车的嘈杂声，磨刀工、擦鞋匠、卖报人、三明治小贩和其他各色小贩的叫卖声中长大的。和我一样，他也有一个哥哥，阿尔弗雷多。兄弟俩娶了姐妹俩，他们是在阿德里亚娜一个同事的婚礼上认识的。那天晚上缺少舞伴，新郎的所有朋友都被要求带上一个体面的朋友一同前往。爸爸说他对妈妈一见钟情。

"两个都是？"有一天我故意跟他开玩笑。

"当然！"他笑着回答。

然后他又恢复了严肃。

"你妈妈她真美……我还记得她穿着白底红条纹

的短上衣……她在腰带的地方系了一束紫罗兰。晚会结束的时候，我们把舞伴送回家。我请求她把花送给我。"

"我同意了。"妈妈接过话来。

"然后呢？"

"然后，你们两个就出生了！跑来折磨我！"

不过她是笑着说的。

爸爸是对的：妈妈以前很美，现在她依然如此。她有着灰绿色的眼睛，白皙的脸颊。唉，可惜我一点也不像她。我好像"跟我爸爸是一个模子印出来的"。我有着不听话的红棕色头发，翘起的鼻子，鼻子和下巴的线条都太硬了。我必须承认我长得完全不是小说女主角的样子！不过，我为我长得像爸爸感到高兴，即便他长得也完全不像一个电影演员。我们两个都有着雪白的牙齿，这显示出健康：这就是我们的美！

这就是我的长相。而我的性格，我亲爱的日记你马上就会知道：全世界的缺点都集于我一身了。我不爱收拾，好奇心太强，丢三落四、笨手笨脚、粗心、爱幻想、不讲道理、爱发脾气、敏感……还有很多缺点我都记不清了！至于我的优点我就不说了，我的同学说我"很酷"。我也不太清楚他们想表达的意思，既然赞美对我那么难得，我也就欣然接受了。

我还有很多想对你说！但是我的蜡烛吱吱作响，我的眼皮越来越重……明天见了……

我还没有说那条大新闻！

4月2日　下午5点

哦！两小时的缝补实在是太久了！我补了一只长筒袜（妈妈："我都搞不明白你是怎么穿成这样的！"），重新缝了苏格兰格子半身裙的卷边，修补了爸爸冬大衣的一个扣眼。我和妈妈整理了家里的衣服。春天到了就得这么做，多么滑稽！外面是阴天，天气温和，下着蒙蒙细雨，雨水使得石子路闪闪发亮。在每个街道的拐角，都有小女孩和小男孩撑着大大的伞，卖着被雨打湿的芬芳的花束。在中央公园，楼底下飘浮着一层绿色的雾气：那是千万张新叶迫不及待地准备向着阳光舒展开来。

但是我要去的地方，很冷，非常冷……至少几天里面会很冷。冰冷！你猜不到吗？不，你可猜不到……那是多么不可思议！说得你心痒痒了吧……

我们要去意大利！乘船去！我要跨越大西洋！我，朱丽亚·法奇尼，要进行我第一次长途旅行！

我也许还会看到冰山……

这是昨天晚饭后吃甜点的时候，爸爸告诉我们的。莫莉准备了美味的柠檬布丁。当我们吃甜点的时候，我无意中发现爸爸和阿尔弗雷多伯伯在交换眼神，就像两个计划恶作剧的小淘气。路奇正忙着吃东西，完全没有注意到他们。妈妈皱着眉，用眼神询问阿德里亚娜伯母，她的表情很神秘，仿佛知道什么。

最后，两位男士吃饱了，推开盘子，爸爸清了清嗓子。

"安娜，"他把手放在妈妈的手臂上，"如果能看到你的表姐妹费亚梅塔、罗莎、吉娜，还有她们的孩子，以及家里的所有人，你一定会很开心吧？"

妈妈耸了耸肩膀。

"提这个干什么？我当然想看到他们了，但是这是不可能的！除非……"

她从椅子上站起来，眼里闪着光。

"他们决定到美国来定居了？那可太好了！可是费亚梅塔怎么没跟我写信说起这事呢！"

爸爸笑出了声：

"据我所知，他们没有离开热那亚，也没有要移民的想法。"

"那我就不明白了……"

阿尔弗雷多伯伯从西装背心里拿出一沓纸，晃了晃。

"答案就在这里！"

我就坐在他的旁边，我在纸的上方看到几个字：

"丘纳德航运"。

"是的，小朱丽亚，"伯伯表态了，"你看得没错：是船票！注意啦，这一次，我们法奇尼家乘的可不是三等舱！我们要乘的是二等舱，就像中产阶级们一样！"

妈妈转向爸爸：

"切萨雷，他在说什么，你们两个人都疯了吗？"

爸爸站起身，走进了厨房。过了一会儿，他拿着一瓶香槟回来了。

"今晚我们要庆祝一下！"

他掐了掐我的脸。

"我们要庆祝朱丽亚的生日以及我们重返故乡！"

我被允许喝了杯子里两寸那么高的金色气泡酒，酒很快就上了头。我醉醺醺地，恍惚间听到耳边的交流。

"我想给你个惊喜，"爸爸喃喃道，他把手放在妈妈的手上，"阿尔弗雷多和我为了这次旅程都存了好久的钱了……"

"那我呢？"路奇叫道，"你们带我一起去吗？"

"当然了，孩子！"阿德里亚娜伯母回答。

"我简直不敢相信。"妈妈一边用她的花边小手绢擦着眼睛，一边结结巴巴地说道。

"孩子们得回一下他们的祖国……"

"大家看到他们一定会很高兴……"

"我们会待多久呢？一个月？可是店怎么办……我们真的能够……"

"什么都不要担心，亲爱的，我全准备好了……"

后来他们说什么我听不见了。我只听见海浪的滔滔声，帆索的咯吱声，在浪花中盘旋的海鸥的叫声……我仿佛已经出发了。

❀

4月5日

整个家里乱七八糟！一不小心就会绊到打开的箱子、脏衣服的包裹或者披巾堆。4月11日我就要登上卡帕西亚号，一艘开往直布罗陀、热那亚和里亚斯特的邮轮。妈妈不停地上下奔走。她把我像一个包裹一样推来搡去，斥责着路奇，并且给莫莉很多互相矛盾的指令，后者昨天都说不想做了。听她这么说，妈妈一屁股坐在椅子上，抽噎了起来。莫莉看不下去，给了她抹布的一角当作手绢擦。

"你何必这样呢，法奇尼夫人，"她说，"我想你该很高兴看到你的家人啊。"

"我当然很高兴！但是我实在来不及做准备……这就是男人：他们买了船票，以为一切就都好了。"

她朝着我摇了摇手指，带着威胁：

"你别笑！你看着吧，你爸爸和哥哥连一双袜子都不会打包……还有礼物，他们想到礼物了吗？当然不！我们可不能空着手回去啊！"

她忽然又有了精神，抬起头：

"我们要列个清单。朱丽亚，拿支笔来。"

我们写了一页又一页。"只带必需品。"妈妈表示。必需品？如果可以的话，我想她会带上整幢房子！橡胶和短面纱（"海风会吹坏脸的。"）、热水袋、紫药水、腰垫、晴雨伞、信纸、印章、圣母像（"这一定得带，否则会倒霉的。"），还有一个药箱放满了各种你能想到的药物，比如治肝病、治脾病和治疗消化系统的药。莫莉又回到了洗衣间，被要求在三天里洗完三个月的衣服。她要检查每一件衣物，重新缝几十颗纽扣，加内衬或者换掉旧的衬里。可怜的路奇，在不巧的时间走进了厨房，他被派去擦一家人所有的鞋子，我听到他骂骂咧咧了一个上午。他打赌在离开的日子前其他人都休想见到他。他还放出话来要去约翰和帕特家住，"真不想再踏进这座疯狂的房子半步！"

❀

幸运的是，有很多东西要买，妈妈派我去做这件事情。家务活总算结束了！我花了一整天在商店里寻找小玩意，围巾、披肩、香水瓶、雪茄盒和巧克力……甚至是给卡塔丽娜伯母的灰色安哥拉羊毛露指手套，她总是在信里抱怨她的风湿病。要装下这些礼物可需要一个大箱子。一向勒紧裤腰带过日子的妈妈

这次无比大手大脚，我猜她是想要告诉她的意大利亲
戚，她在美国的经济状况有所改善。又或许她想要激
起某些人，特别是年轻人的愿望，追随她到纽约追寻
梦想？

采购结束之后，我慢慢散步回家。走到哈德逊河
边，靠近布鲁克林大桥的桥墩那里，我停下来看着经
过的船只，它们折拢的帆，还有船头的信号灯。我像
对着老朋友一样对它们微笑：第一次，我没有因为不
能追随它们而感到遗憾。还有一个星期不到，我就会
在大海之上了……

4月7日

今天是星期天——我们出发前的最后一个星期
天。还有很多事情要做，但是妈妈坚持我们得参加大
弥撒。穿戴整齐，我们踏上了去教堂的路。在做弥撒

的时候，我的思绪开始游移。我看着阳光中舞蹈的灰尘，想象着我是在甲板上，凝视着海豚们的旋舞。这时候，神父的话打断了我的思绪："我的兄弟们，让我们祈祷，为那些受苦的人……那些漂泊的人……那些在海上遭遇危难的人……"

我打了个哆嗦。我在书里读到的海难画面，浮现在我的眼前：呼喊求救的双唇，溺水者脸庞边漂动的如海藻一般的头发，像核桃壳一般满是洞的船身，以及在海水中挣扎着，努力抓住翻倒的小船、箱子、树枝等漂浮物的求生的人们……

回去的路上，我问阿尔弗雷多伯伯：

"卡帕西亚号是一艘很好的船吗？"

他扬起了眉毛。

"你想说什么，朱丽亚？"

我犹豫了，我为自己的敏感感到难为情。

"那……它坚固吗？船……不会翻吧？"

他乐了：

"安娜，你女儿连环画看太多了吧！"

他慈爱地捏了捏我的脸。

"相信我，我可是查得清清楚楚的！你觉得我和你爸爸会让大家踏上一条不归路吗？卡帕西亚号1902年入海，已经航行10年了，几年前它重新整修过。人们还对我肯定地说，每一季的航行之后，它都会回到利物浦做保养……你看，没什么好担心的！"

路奇用手肘推了我一下。

"哟，我们的冒险家小姐，这次害怕啦？"

我没好气地回推了他一下。再一次，我宁愿我什么都没有说。现在，所有人都嘲笑我了。

吃饭的时候，谈话始终都围绕着那些新兴的"海上巨轮"，这些跨洋邮轮每年都在竞争"大西洋蓝带奖"，追逐着谁可以创造新的航海纪录。

"我们的邮轮在这些庞然大物的旁边就像救生艇，而它们就是移动的城市，"爸爸说，"恺撒·威廉二世号有两百多米那么长呢！"

"215 米，确切地说，"阿尔弗雷多伯伯说，他对能展现自己掌握的新知识感到很自豪，"不过，德国在船舶建造技术方面已经不再顶尖了：英国的毛里塔尼亚号和卢西塔尼亚号长 252 米，排水量达到 32500 吨！你们知道，这三年来，是谁拿到了大西洋蓝带奖吗？是我们的航运公司，丘纳德公司！毛里塔尼亚号就是他家造的！"

令我吃惊的是，阿德里亚娜伯母也插了进来：

"这段时间，人们都在说白星航运公司的新邮轮，它就像一座真正的宫殿！它叫什么来着？"

"泰坦尼克号！"路奇叫道，"我在《先驱报》上看过一篇文章。"

他身子前倾，眼睛发亮。

"船上有些私人套间里面还配有客厅、餐厅、卧室、浴室……甚至还有私人的散步甲板！上面有一座游泳池、一个健身房、一个壁球馆……还有土耳其浴室！你们可以想象吗？"

"我以前不知道原来你对船那么有兴趣。"妈妈悄悄地对伯母说。

伯母脸红了。

"很多社会名流会搭乘泰坦尼克号的处女航，古根海姆先生……"

"铜矿之王？"爸爸问。

"就是他。还有伊斯多尔·施特劳斯，梅西百货的老板。他会和他的妻子一起去……当然，乘的是头等舱。还有塔夫脱总统阵营的后盾，'铁路之王'查理斯·海斯和约翰·B.泰耶，还有……"

爸爸耸了耸肩。

"女人啊……你们都一样。你们就迷恋那些虚名……美国是自由之国，该死的上帝，所有的公民都是平等的！"

"切萨雷！"妈妈用严肃的口气惊呼道，"你怎么能在孩子面前这样亵渎上帝！"

路奇用手捂住嘴，不笑出声来。有时候，我真希望自己是一只小老鼠：这样的话，我就可以听到他和他的朋友约翰和帕特的谈话了。我不知道男孩子们之间都说些什么，不过我敢肯定他们会说各种粗话，肯定比爸爸无意冒犯的话要厉害得多！

午餐之后，男人们"出去逛一圈"。我虽然很想跟他们一起，但是我得待在家里帮助妈妈和阿德里亚娜伯母做准备工作。她们一边熨烫着衣领和袖口（我的脸靠近熨斗，好监控它的温度），一边继续讨论泰坦尼克号。

"泰坦尼克号到纽约的时候我们已经不在了。"伯母说道，"这真可惜，不过也没啥好抱怨的！"

"好像，"妈妈用一种密谋的神色轻声说，"阿斯托一家人会在船上。"

阿德里亚娜伯母发出一阵嘲笑声：

"不？你想说的是……"

"是的，约翰·阿斯托上校。"

"就是那个……"

"朱丽亚，"妈妈忽然叫我，"你可以到商店后间拿点淀粉吗？我要用它来重做衣浆。"

我明白她要把我支开。我顺从地离开了房间，把门关上。在楼梯平台上，我还是听到了她们压低嗓子的说话声：

"是的，你知道的没错，他1909年离婚了……多轰动啊！差不多两年之后，他想要和一个很年轻的女孩子结婚！比他整整小30岁，那女孩子很迷人。"

"我听说过，"伯母附和道，"纽约州没有一位牧师愿意主持这场婚礼。"

"后来他们在新港那边找到一个朗伯神父，那时候他快退休了。之后不久，这对夫妻就出国了。他们去埃及度蜜月……"

"你知不知道那是我的梦想……金字塔……"

"是吗？我可不想去，那里太热了。我觉得巴黎才好呢！"

妈妈像学生一样扑哧一声笑了出来。

"最后，他们还是得回来。我在想上流社会到时候会怎么对待他们呢？"

"我要是你，就不会为他们担心！"

我耸了耸肩，走下了楼梯。这些有关离婚、再婚

的故事，有什么意思呢？我不知道为什么妈妈每次讲
到这些话题就要支开我。她总是不停地对我说女孩子
要天真无邪。要是她知道……女孩子，就像她说的，
可藏着好多心思呢！

✤

4月10日

明天就是大日子啦！我刚刚扣上我的旅行箱。我
本来已经把这本日记本放在了我的睡衣里，但是最后
我还是把它拿了出来。我不愿意和它分开。一个真正
的记者是会随身带好他的工具的！我削了好几支铅
笔，悄悄塞进了我的大衣衬里里。如果我要记东西的
话，我已提前做好了准备，不必到处找笔和墨了。在
卡帕西亚号上有一个阅览室，乘客可以在那里看书和
写信……不过我不觉得我会在那里待很久，我会待在
甲板上，我会听水手们的谈话，我还要看海！晚上，

我就在纸上记录下白天所有我学到的东西，那些让我觉得惊奇、有趣和感动的事物。这会是一种很好的练习，会对以后有用的。

当然了，爸爸妈妈对我的未来计划不以为然。我都不敢想象他们的反应！必须让他们看到成果……是的，可是要怎么做呢？

我越想越觉得这次旅行会是我人生的一个转折。如果我可以成功地写出一两个好故事，我要把它们寄给杂志社，还不能提到我的年龄。如果我能够让它们发表，那么……一切皆有可能！

朱丽亚，朱丽亚，你在做梦。如果路奇听到你心里的话，一定会冷笑几声，摸摸你的额头，看你是不是发烧了。他会说……哦，不，我不愿意想下去。我有权做梦。哪怕是不可能的梦。不管怎样，第一批到达美洲的人，他们当初也是追寻着疯狂的梦而来的。如果没有异想天开的人，没有梦想家，没有理想主义者（这是我刚学到的新词，我很喜欢这个词），这个世界上就不会发生伟大的事情。完全没有。要相信梦想！

我听到大门哐当的声音，欢乐的说话声从底楼传来。阿尔弗雷多伯伯和阿德里亚娜伯母来了。我们明天得起得很早去港口，因此他们今晚睡在我们家，明天早上我们会坐一辆马车。（"也可能是两辆或者三辆。"爸爸在商店后间对着堆成山的行李叹着气说。）我们得挤一挤：爸妈让出了他们的房间，我和妈妈一起睡，爸爸和路奇一张床。特殊时期特殊办法！不过我想今晚我没办法摊开我的日记本了，也没办法合上眼了！

客厅里的座钟打出了六响……我朝窗外望了一眼。天还亮着。明天这个时候……啊，明天！

●

4月11日　早上9点

在这新的背景之下，我觉得自己仿佛是一出戏或者一部小说的女主角。场景发生在船舱里。在我面前是舷窗，可惜没有像我之前希望的那样，面朝大海，而是朝向一条灯光昏暗的过道。在我左边，是一张双层床，与隔墙固定在一起；在我右边，是一个盥洗盆，上方有一面手绢那么大的镜子。一个小衣柜，一张固定在地上的桌子，两把椅子，就是所有的东西了。一个女孩坐在一把椅子上，正在写作。她困得不时把头靠到本子上……

这不是舞台表演——如果不是怕错过起航，我很想要上床睡觉！在我意料之中，我前一晚是贴着墙，睁着眼，数着钟表的嘀嗒声度过的。渐渐的，我陷入了半梦半醒之中，眼前满是荒诞的梦境，我在狂风暴雨中执掌着船舵。我听到钟声敲响了2点，然后3点……然后没有了。但是在5点的时候，起床的号角吹响啦！我一边穿袜子一边吃燕麦粥；茶很苦，面包烤焦了；路奇到处找他的新蓝色领带，阿德里亚娜伯母抱怨着偏头痛，妈妈不停地打开再关上行李箱，放入忘记带了的东西，爸爸催妈妈抓紧时间，对她保证我们不需要顶针，也不需要黑领带。（"万一我们在那里要参加葬礼呢，切萨雷？"妈妈反问。）只有阿尔弗雷多伯伯表现出十足的冷静沉着。还好有他，我们在原定的时间，全副武装、大包小包地来到了纽约港。轮船公司工人的小推车一出场，我们的行李瞬间就不见了，大家总算可以喘口气了。

在半明半暗处，我看到一片桅杆、吊车的森林，我猜测前方是骚动的人群（乘客纷纷挤到舷梯上），我还闻到一股盐和柏油的味道。我有点头晕。从船上望出去，我几乎什么也看不到。一面在我们头顶上方树立着的阴暗的墙，一个烟囱的轮廓，就是所有能看到的东西。在舷门那里有零星的灯光在闪，几扇舷窗还亮着灯。一个服务员收了我们的票，把我们带到船舱，我们的行李已经被放在那里了。他向我们解释，我们得把钱和贵重物品交给船舱上的警员，他们会帮我们放到保险箱里。否则，如果东西被偷了，卡帕西亚号不承担相关责任。妈妈和阿德里亚娜伯母对此觉得好笑：她们解释说，我们没有小偷看得上的贵重首饰。不过爸爸还是决定把一部分准备在意大利花的钱放入柜子保管。

"如果我们碰上沉船，"阿尔弗雷多伯伯反对说，"你就什么都没了，你应该把钱缝到大衣的卷边里面。"

"你是想看着我穿着鼓出来的大衣，像鸭子一样在船上到处走吗？"爸爸耸了耸肩膀说。

"这让我想到船上的那个女人，安娜！"伯母叫道，"也许你忘了，那时候你还很小。"

妈妈笑了。

"不，我还记得。我想那是一个瑞典女人，或者丹麦女人。她把她所有的衣服都穿在身上：平常的衣服和周末穿的衣服，三条衬裙，两件上衣……"

"还有一件大衣和两条披肩，"伯母补充道，"活像一个球！"

"而且她的上衣里面塞了各种东西：零钱、剪刀、钞票……她把她所有的家当都放在身上。当她跳舞的时候——那时候船上还有个小提琴手，我想是个俄罗斯人，一个很瘦的年轻男子，瘦削的脸颊都凹陷了下去，他肯定得了肺结核——我们听到一阵金属的声音……"

"那个女人就像耕地的牛一样气喘吁吁，因为她被裹在身上的几层衣服憋得慌！"伯母总结道，"可是谁也劝不动她拿掉任何一样!"

"啊,你们可见不到我像她那样,"爸爸表示,"我要把我们的钱放到保险箱里。"

妈妈用一种探究的眼神打量着我。

"你得洗手,朱丽亚。你黑得跟炭一样。你也是,路奇。"

"我们一小时以后起航。"伯伯说,"我们在二等舱的甲板上碰头。"

一小时快到了。路奇当然没有等我,我得一个人在这走廊和楼梯的迷宫里寻觅,我不知道我还会不会重见天日!让我们对美国说再见吧!

❀

4月11日 晚上10点

这是个怎么样的日子啊!发生了那么多的事情!舷窗又一次在我的面前,小小的窗帘随着海浪平静的节奏摇晃着。从我打开的行李箱里乱七八糟地滚出了衣服、袜子和鞋子。我得把这一切整理好，因为妈妈一定会来检查我的船舱，我得顶住！等我醒了我一定会整理。而现在，我还得写作。

就像我之前料到的，在找二等舱的散步甲板时，我迷路了。我觉得得一直往上走，所以只要碰到楼梯我就往上登，可没用。我最后到达了一个狭窄的阳台（这种说法肯定不准确，不过我只是个见习水手嘛），在船的最后端。那里有一个被绳索固定着的救生艇，上面盖着遮雨布——这不是个好的问路对象。我只好朝另一个方向走，一不小心打开了厨房的门，迎面而来的是巨大的喧哗和很不诱人的气味，于是我又转了出去，最后总算找到了一座漆成白色的金属梯子，梯子的顶上透进一片天空。我开始爬梯子，当我登上最后一级台阶，一阵紫色塔夫绸旋风把我推倒了：我差点滚了下去，要是真那样我非摔断脖子不可。我敢肯定她咒骂了我——那是因为送奶工人，要知道每次他来送奶的时候我都在店里，他骂起人来可叫精彩。那些骂人的话我都记得。

随你信不信，但那紫色旋风包裹着一个女人，对我连珠炮似的发射了一通我所听过最精彩的咒骂。在她那花边缠绕的帽子下面，是一张因狂怒而变得深红的脸。你可以想象那种颜色！太可怕了。忽然，她用手捂着嘴，脸色变得苍白。她睁大双眼凝视着我。我很尴尬，一句话也没说。很尴尬的沉默。最后，她转过身走了，几乎是跑的。我看着她消失在散步甲板上的人群中。（我终于找到甲板了！）路奇从一根桅杆后面闪了出来，抓住了我的手。

"你刚刚去哪里了？我们到处找你！"

"汽笛，"我刚想冲他咆哮，却听见我的哥哥叫道，"要起锚了。快走！"

我们在人群中挤来挤去，终于我看到了妈妈的新阳伞，就像大象背着的轿子顶上的圆顶一样摇晃着。（"我的天啊，孩子，你在哪里学来这些奇怪的比喻？"我的老师琼斯小姐总是这么对我说。）到处只听到叫喊声。

"不久以后见！"

"别忘了写信！"

"多穿点，晚上盖好被子！"

"对凯蒂说我会尽快给她寄钱的……"

高举着的手臂，摇晃着的双手，一个女人在哭，用手帕擤着鼻涕。孩子们奔跑着，蹦蹦跳跳，把他们的水手帽抛向空中。

我把手臂撑在栏杆上，我细细观察着码头上的情形：那里也是一样，人们挥手告别，手绢在头顶飘舞，就像一群忙碌嘈杂的海鸥飞翔的翅膀。卡帕西亚号缓缓地离开了港口。

"浪很高。"伯伯注意到，"有强流。"

高高的烟囱吐出黑色的烟。渐渐的，陆地越来越远，码头上来来往往的人的脸也渐渐模糊。有些人马上就走了，弓着背，手插在口袋里；有些人一动不动地继续待在那里。他们会一直注视着船直到看不见吗？今天早上，他们是不是和一位亲爱的人——父母、孩子，或者爱人分别了？我还能听到那个女乘客的抽泣声。我转过身，一个年纪大一点的女人抚着她的肩正安慰着她。岸上是谁让她如此依依不舍？

这样想着，我感到很悲伤，但是很快，我的急脾气又占了上风。路奇拉着我到了船的另一边。我们已经看够了陆地！我拿掉了遮阳帽，任由风在我的发丝间舞动。在我们面前，拖轮们显得极小，它们是从哪里汲取到那么大的力量呢？邮轮大得无边无际，就像一个温厚的巨人。绿色通透的海浪打到它的边上，海面上大大小小的鸟在船的周边飞翔着。

"它们在等待厨房里扔出来的好吃的。"路奇说。

他微笑着。他好像也看呆了，有些陶醉了。我们默契地交换了一下眼神。

"你不饿吗？"

"饿！"

✿

我们像两个小孩一样跑去和其他人会合。但是餐厅让我们感到很失望：长而狭窄，空气不流通。从舱口照射进来的一点点光，与我之前所想象的更是完全不同。我曾以为，大海上瞬息万变的情景会一直呈现在我们眼前，哪怕是吃饭的时候！

"当然了，我们的船和泰坦尼克号是完全不能比的。"伯伯说着在餐桌旁坐了下来。

"但它很适合我们。"伯母驳道，"我快饿扁了！"

"有海的气息。"妈妈说。

所有人看上去都心情很好。

"你们简直无法想象那艘邮轮有多么奢华。"伯伯继续说，这时候，一个服务员端着一碗冒着热气的汤来到了我们桌边。"餐厅的风格是雅各宾式的……"

"阿尔弗雷多搜集了很多有关泰坦尼克号的文章，"伯母对着妈妈轻轻地说，"他对这个话题了如指掌！"

"有一整面墙全部都盖着欧比松挂毯，表现的是吉斯公爵打猎的场面，"伯伯依旧滔滔不绝地说道，"而餐厅是路易十六时代的风格……那里全是著名的'杜巴丽粉色'，阿德里亚娜最喜欢了！至于大厅简直可以说是照搬了凡尔赛城堡！"

"整个凡尔赛城堡？"路奇逗笑着问，"见鬼吧！"

"小子你闭嘴！"

爸爸插了进来：

"对于船来说，最重要的是安全性。我读到一篇文章说泰坦尼克号是不可能沉没的……这是真的吗？"

"完全正确！它拥有最先进的航海系统：最尖端的电话设备，高性能的无线发射器，能够探测落水者的装置……并且，它还有两层船底，能够防止搁浅和撞船。它的船身由水密隔墙分成了 16 个水密隔舱，可以通过电子遥控器在舷梯上将水密隔墙关闭。哪怕三个或者四个隔舱进了水，泰坦尼克号依然可以航行……所以说，它是不可能沉没的！相信我，泰坦尼克号的乘客可以高枕无忧了！"

我漫不经心地听着，我注意到在附近的桌子上有个淡紫色的点就是那个在梯子上狠狠撞了我的女乘客。她的旁边还坐着两位上了年纪的女士。她看上去闷闷不乐。她的眼神在大厅里飘移。突然，她看到了我。她皱了皱眉，马上转过头去。

"你在看什么?"阿德里亚娜伯母问我。

"没什么。"我一边回答,一边把注意力重新放到我的碟子上。上面放了一块服务员刚刚送过来的蔬菜炖羊肉。(幸运的是,食物要比厨房里传出的气味好多了,不然可真是令人难以忍受啊!)

"盯着其他乘客看可是很不礼貌的,朱丽亚。"妈妈用严肃的口气对我说。

"随她吧!"爸爸说,"她就是好奇!这是一次难忘的旅行!"

我偷偷地朝紫裙子女人最后瞧了一眼。她一口把酒杯中的酒喝到嘴里,咕咚咕咚咽了下去。我注意到阿德里亚娜伯母也在看她……

4月12日

风更大了。卡帕西亚号船后拖着长长的白色泡沫，就像新娘婚纱的蕾丝边裙摆，一望无际。船摇晃得更厉害了。今天早上起床的时候，我注意到船舱的天花板有点倾斜。但是没有人晕船，吃饭的时候，所有的餐桌边都坐满了人。昨天晚上的紫衣女士——我接下来都会这么称呼她——在餐厅进行了一次令人印象深刻的出场：她披着一身昂贵的淡紫色缎子衣裳，脖子上戴着一根项链，上面镶满钻石，钻石随着她的一举一动而闪闪发光。她在一对夫妇和几个单身男士那桌上，坐了下来。不久之后，我们就听到了她尖厉的嗓音盖住了全场。她口若悬河，仅仅只在别人向她致意时才稍停片刻。

"这人真滑稽。"阿尔弗雷多伯伯嘀咕道，"戴着这样的珠宝，她怎么不去坐头等舱呢？这身行头比较适合和船长共进晚餐！"

"也许她戴的那些石头是她过去拥有财富的唯一遗存吧。"妈妈猜测说，"可能这个女人的丈夫过世有一段时间了，所以她半穿着丧服，带着点炫耀，我同意你说的……"

伯母眯着眼睛观察了那个女乘客好长一段时间，

然后她转过头看着我，用一种默契的神色对我微微一笑。在我们周围，交谈继续着。

"我有一种感觉，"她低声对我说，"你和我都觉得，这个女人实际上并不是她努力表现出来的样子。"

我点了点头。

"她很奇怪，你不觉得吗？昨天，我爬梯子上散步甲板时，被她狠狠地撞到了……"

我把事情讲述给她听，伯母听得很认真。

"这并不让我吃惊。"她最后说。

她不说话了，努力切一块很老的肉。

"你知道，"她继续说，"在女帽店工作让我学到很多东西。从客人衣服的剪裁、鞋子的磨损程度，我可以猜出她现在手头是很紧呢，还是可以在一周内付清账单。当然我也碰到过出乎意料的情况。一些很有钱的人会拖着不付钱……有时候，甚至还有不付钱的！"

这点燃了我的好奇心。

"你想要说什么？"我问。

"你仔细看看她。我一开始就注意到，这条裙子不是按照她的尺寸做的：肩膀那里太大，像是一个急急忙忙或者笨手笨脚的裁缝仓促地给她改了一下……我在这里就看得出来。不是精细的手工。"

"也许她瘦了。"我反驳她。

"当然。但是，脚变瘦的情况可是极少见的，她的鞋子对她来说也太大了……她刚刚差点摔倒。"

我用钦佩的眼光看着我的伯母：

"你是个侦探！"

"还没说完呢！"她喘了口气，"你再看看她的手。"

我开始觉得有意思了。

"她的手？难道她有狮子一样的爪子或触角，还是像巫婆一样的长指甲？"我开玩笑地说。

"不是的，傻姑娘。很简单，手也很能够说明一个人的出身以及他从事的工作。你们那个爱尔兰女佣的手，因为一天到晚洗衣服而皱皱巴巴的。一个技术工人的手，哪怕他一天刷上个十次，总是带着一些油污。炭尘会渗入煤矿工人的皮肤里面。而我的手……"

她把她的手心朝上摊开在桌布上。

"你看我的手指头上，全是针刺的小洞。如果注意观察的话，就可以猜到我是女帽工或者裁缝了。而刚才，那个神秘女人从我们这桌经过的时候，她正好脱下她的手套。我看到……"

阿德里亚娜伯母不说话了：一个戴着白色围裙的服务员带来了水果拼盘。我厌恶地看着我面前的薄荷泛着的光，决定不吃了。

"我看到了她的手指尖，跟我一样，也带着针留下的印迹。"我的伯母继续说道，"要么这位女士疯狂地喜欢做针线活，要么她可不是她想要表现出来的有钱人！"她的总结带着胜利的神色。

妈妈注意到我们的谈话，也插了进来：

"这还不止呢！你们看到她在餐桌上的表现吗？我敢保证她的礼节可不是白宫的那一套！"

我假装掉了餐巾。在我弯下腰去捡的时候，重新盯着我们的八卦对象看了一下。我困惑了。紫衣女士到底是谁？一个阴谋家？一个间谍？我决定要查个水落石出。但是要怎么做呢？我完全没有主意。我开始在心里设想起各种传奇的计划，我想得如此出神，以至于妈妈要送我回去睡觉我都没有反对。

大侦探朱丽亚·法奇尼！一个新的职业！

4月13日

我们离开纽约已经有3天了，我觉得我们一直都在海上生活。早上，我起得很早，比其他人都要早，我很快地穿好衣服，到甲板上去。这个时间，乘客们都还在船舱里，我只会碰到水手和服务员，他们跟我打招呼，就好像我是他们中的一员。我把胳膊撑在栏杆上看海……珍珠色的雾气像长长的面纱缓缓升起，犹如一出精彩演出的序曲。我发现了一个声音、气味和习惯都截然不同的世界。昨天，一个老水手来到我的身边：他的脸颊黝黑，因为汗水而闪闪发光，这让我想到了伯母告诉我的关于职业在人身上留下的深深印迹。

"下面的船舱里可真热。"他一边脱下帽子，擦着额头上的汗水，一边说道，"那些锅炉，是地上，哦，不，水上的地狱！"

他转向我，蓝色的眼睛带着笑意。

"我不值班的时候，就上来透透气。这些……"

他做了一个环绕的姿势，仿佛是要拥抱地平线。

"……真是让人百看不厌。你热爱大海吧，小姑娘？"

"啊，是的！"我脱口而出，"我们虽然被关在这艘船上，我却感受到从没有过的自由！"

"这很好。"他表示赞同。

"如果我是个男孩，我也要出海。"

他的嘴角露出一丝微笑。

"但你是个女孩，你不喜欢做女孩，对吧？"

"你怎么猜到的？"

他清了清嗓子。

"你起得很早，你看人的时候直直的，你不害怕弄脏你的靴子，还有……你裙子的纽扣扣错了！"

"哦！"

我感到我的脸变得通红，我在背上摸索着我扣错的纽扣。

"没关系，没人看到。别扭来扭去了。看那儿。"

雾气消散了，第一道晨光照亮了无边无际的灰色海面，一层层地给它染上绿色，就像一个玉盘在水面滑行。波涛翻滚得很慢，很规则：一点点泡沫在浪尖沸腾，然后在一声难以察觉的叹息中消散不见。

"这真美！"我喃喃自语。

"最美的是它无时无刻不在变化。没有两片一样的海……我，我看过各种颜色的海，我可以告诉你。有紫色的海，颜色是那么深，就像葡萄酒一样，那是在希腊看到的；有绿色的海，就像英格兰的草地；还有闪着光的海浪，就像熔化的银子一样……还有珍珠色、牡蛎壳一样颜色的海，还有玫瑰色的海，就像女孩的脸颊……"

我听得入了迷。突然，一阵小提琴声朝我们靠近。

"这是个爱尔兰人。"我的朋友说道，"你还没听过吧？"

我摇了摇头。

"每天早上，他都会拉，在三等舱的甲板上……我猜这个人一定也喜欢海。当然也许他想家了……"

他重新戴上帽子，用指尖碰了碰帽檐，摇摇摆摆地走了。

我竖起耳朵。这音乐与我以前听过的都不一样。的确我懂得不多，除了在教堂唱的赞美诗，学校里学的几首歌曲，军乐曲调，就没有了。我有些同学学钢琴：格利菲斯老太太每个星期给他们上三次音乐课，但是从音乐教室郑重其事传来的声音从来没有给我们的耳朵带来过什么惊喜。

而这，不一样。看不见的小提琴手在拉一首波尔卡舞曲的前几节，当他的琴弓在琴弦上灵巧滑动，我也开始用脚打起了拍子。舒缓悲伤的旋律在清晨的静谧中升起。在琴声中，我感觉自己越过了千山万水：

我在波涛之上翱翔，跃过高山，在峭壁之间的幽谷中穿梭；我掠过草地，在屋顶上盘旋，骑着野马奔跑；我匍匐在灌木丛中，悄声前进，和自由而坚定的勇士们一起战斗。我没去过这首曲子所描述的地方，不知道它的历史，但是我可以想象。当琴声戛然而止时，一阵强烈的忧郁揪住了我的心。有一天我会去爱尔兰吗？我会去那些我梦想要去的国度吗？我不想每天按部就班，我不想像其他的女人一样，日复一日地洗衣服、熨衣服、煮饭、带孩子，然后驼背、变老、死去、被遗忘，唯一的安慰就是"完成了责任"。难道人们对自己没有责任吗？

❀

4月13日下午3点

我的调查毫无进展。多亏了路奇，他和一些水手交了朋友，通过他我知道了紫衣女士的名字，但是这没有太大帮助。她船票上的署名是菲比·哈瑞森太太，从密歇根州的格雷林出发。密歇根！它离纽约是那么远，我感觉这个地方就像另一个国家一样。

可是，怎么了解一个住在瑞典或者波斯尼亚-黑塞哥维那的人的事情呢？这就像在干草垛里找一根针一样……我没法了解更多消息，灰心之下，就把我仅知道的一点告诉了阿德里亚娜伯母。令我吃惊的是，她失声叫道：

"格雷林！太有意思了！"

"有意思？"我不解地问，"怎么了？"

"我有一个老朋友住在那里。她经营一家餐馆，瓦蕾利亚做得一手好菜。要是你吃过她做的红焖小牛肘……"

我打断了她对美食的回忆：

"你知道她的地址？"

"当然了！我们从来没有断过通信。"

我有了个主意！

"伯母，"我用亲昵的口吻说道，"你可以给她发个无线电报吗？……这样，我们就心中有数了。"

她看着我，好像我精神失常了一样。

"你疯了！那可贵着呢！等我到了意大利我再给她写信。"

她带着宽容的微笑，抚摸着我的头发。

"我不该纵容你的好奇心的，朱丽亚。你太疯狂了！但是得保持理智，亲爱的。"

说着，她一边笑着一边走开了，留下我一个人被突然而起的愤怒所折磨。

"得保持理智！"每次都是这句话！要是，我不想要保持理智呢？

4月14日　上午9点

今天早上，我没有到甲板上，而是着手探索这艘船。我的想法是：想办法给我伯母的朋友发一个电报。我的钱包里还有几美金……在我记忆的角落中，还有一个不完整的地址：瓦蕾利亚·布鲁斯坦，在格雷林。我记住了这个意大利餐馆老板的名字！

"为什么你的朋友要住到那个荒凉的地方？"之前我这样无所顾忌地问阿德里亚娜伯母，那时候她正在切一块奶油苹果派。

"你真是个纽约人，朱丽亚！越过哈德逊河，文明就消失不见了，是不是？"

我笑了。

"当然不是。我只是在想……"

"瓦蕾利亚嫁给了一个叫杰米·布鲁斯坦的人。他在新泽西州做小生意，但是他破产了。所以，当他们得知自己继承了密歇根州的那个小饭店，他们就带着枪、行李和五个孩子毫不犹豫地过去了。"

她开始对我讲述那群吵吵闹闹的孩子——她记不清他们的名字了："玛丽娅-皮埃？乔瓦尼？还是强尼？和……维托里奥或者阿格斯迪诺？我总是搞不清楚……"不过我没在听。一个名字、一个城市？那就够了。密歇根州的格雷林，这是一个小地方。布鲁斯坦先生在那里应该很有名——尤其是他们饭店的菜像我伯母说的那么美味可口。

我于是决定行动。一开始，我就像第一天一样迷路了。我顺着两边是灰色墙的长长走廊走着，来到了一座小楼梯的顶端，楼梯通向船舱内部。我明白我走错了方向，但是出于好奇，我走下了梯子，然后另一把梯子，再一把……在我的脚下，我感受到一种愈来愈强烈的震动，还有从黑暗深处响起的隆隆声，那是被囚禁于洞穴的怪物的咆哮声吗？我是否将会看到喷火的眼睛、缀满宝石和鳞片的皮肤、巨型蝙蝠一般的翅膀以及锐利的爪子？

忽然，一扇金属的门打开了，一股热气扑面而来。巨龙的呼吸！我退后了一步。

"啊，是你啊，小姑娘！"

是我的朋友，蓝眼睛运煤工。

"很高兴你能来参观……"

他给了我一个眼色。

"乘客是不允许下来的，但是，要是你愿意的话，我可以带你看看机房。"

我跟随着他，经过了矮门，来到了一个小平台。

在平台下方，一些人在难以忍受的嘈杂和一团巨大的
蒸汽中四处忙碌着。热气让人感到呼吸困难。

"这里的温度可以达到60度，"我的朋友高声说
道，"夏天甚至还要更高！有些人没办法忍受：相信
我，每天打扫锅炉，给炉子添4吨炭，身体一定要非
常好才行！更别说热气有时候是要人命的。"

他伸出手。

"那里，是涡轮室。真可惜我没办法把你带到那
里去！否则你就可以看到，一个螺旋桨轴轮非常规律
地转着，看上去就像静止不动一样……那很美，无法
表达的美。"

一个真正的诗人！我感到非常遗憾，无法欣赏这
个场面。

告别了我可爱的导游，我向超头等舱甲板走
去。我又一次向禁区冒险：不同舱位的乘客是不可

以到其他舱活动的。等级分明，富人跟富人，其他人跟……其他人。但是，没有人会注意到我。这一次，作为小孩的好处就体现出来了！在一面挂镜前，我停下来看了一下自己的样子。我的裙子没扣错扣子，我的袜子没有皱在脚踝上，靴子上的扣子也都扣好了。好了，可以走了。我理了理头发，看了一下周围。

我在一个客厅里，墙上是桃心木护壁板，地上铺着厚厚的地毯，一个宽大的楼梯通往头等舱的船舱。在这里，船的震动要缓和很多。空气中，可以闻到地板蜡和烤面包的味道，但是看不到一个人。

无线电报室会在哪里呢？照道理说，它不会离舷梯很远。这样一来给船长的信息可以马上送达。

我对我的猜测很有信心，大步跨上了舷梯，又经过了一个大厅，然后是一个小一点的厅，都空无一人。散步甲板上也没有人影：救生艇裹着厚厚的油布，像是睡着了一样。

"你在这里干什么？"

我吓了一跳。转过身去，正对着我的是一个高大的棕色皮肤的年轻人，他的头发打理得一丝不乱，穿着军官的制服。

"我吓着你了。"他又说，"对不起，小姑娘。告诉我……"

他的眼睛闪闪发光。

"你是偷渡客吗？我从没见过你。"

我鼓足勇气向他发问：

"你来得正好！我想要发一个电报。我在找……"

"那你找对人了。"

他向我伸出手。

"哈罗德·科坦。我是这艘船的无线电操作员。我正要回我的操作室去……"

一下子，我不知道该说什么。他应该猜到了我的尴尬，因为他接着很和善地说：

"跟我来。你今天有机会可以看看我那些昂贵的设备。不过……嘘！"

他把我带向一个狭小的像壁橱一样的房间，光通过一个很小的舷窗照进来。墙上的白漆已经剥落，一张小桌子上面放满了纸，上面全是各种线和点。在角落里有一张小床，半掩在窗帘后。

"就是这儿！"他把帽子挂到衣架上说，"你看，我就像一个王子一样住着！"

他戴上了一个金属的耳机，开始摆弄他面前一个奇怪的黑色装置上的按钮。我听到了一阵噼噼啪啪的声音。

"白天，我总会听到蟑螂们在机器里打架的声音。一刻不停！晚上，它们还要继续……你的电报？我敢打赌它一定生死攸关！"

我差点就同意他的说法了，但是注意到他眼中闪烁出的淡淡讽刺的微光，我又改变主意了。

"不，不是生死攸关。就是……实际上，你懂的，我在调查案子。"

他乐了。

"调查案子？所以说在我面前的这位，是穿着裙子的小侦探喽？你开始让我觉得有意思了。不管怎么说，你挺有勇气的。来，给我说说。"

我把一切都如实说了出来：紫衣女士，阿德里亚娜伯母，我们的怀疑，格雷林的餐馆老板……当我气喘吁吁地说完时，他只是问我：

"我想你应该想好你要发的电报内容了。给我看看吧。"

我的心跳得很快，带着希望，我从口袋里掏出了一张折得四四方方的纸，上面写着："请速将有关格雷林的菲比·哈瑞森夫人的信息发给我。年龄、外貌、家庭及财产情况。是否正在旅行？日后解释，祝好，阿德里亚娜。"

哈罗德·科坦把纸片看了一遍又一遍，然后他把纸叠了起来，还给了我，收起了笑容。

"你有没有意识到如果你这样做的话，后果会很严重？"

我打了个哆嗦。他继续说：

"这叫作侵犯隐私。因为……你叫什么名字？"

我很小声地回答（我觉得有点惭愧）：

"朱丽亚。朱丽亚·法奇尼。"

"朱丽亚，你不是侦探。你的伯母也不是。你们没有任何权利去调查一个你们不认识的人，只因为她的行为不招你们喜欢……"

"不是这样的！阿德里亚娜伯母……"

"你的伯母只是个旁观者。但是仅凭这些是不能够去怀疑一个乘客的，她也没做什么啊？"

他若有所思地看着我。

"另外……你的伯母知道这个电报的内容吗？"

"嗯……"

"我敢打赌她不知道。听着，朱丽亚……我们现在在海上，对于一个有想象力的人来说……我想你不缺少……"

他指向舷窗外，延伸到天际的碧蓝。

"……编织各种冒险是很吸引人。但是横跨大西洋，与小说完全不一样。大部分时间，我们碰到的事情只会是掉了一个眼镜盒或者发现了一包发霉的土豆。不会有高级诈骗犯，也不会有船上的谋杀，更不会有溺水发生。这就是常规。好了，把这些都忘记吧，好好享受你的旅程。"

这时候，门开了。

"告诉我，科坦……"

开门进来的这个人身材瘦长。五官棱角分明，脸颊凹陷，但是浓密眉毛下的双眼闪着善意。

"哦，对不起。我不知道你还有个朋友在。"

他对我微笑。

"一个新学生，科坦？你真是改不了。"

"年轻人的求知欲真是旺盛，长官。"年轻人回答道，"而我喜欢解释我操纵的这些按钮是派什么用的。"

"我知道。除了这些呢？有新消息吗？"

"没什么，长官。只有几个警告40度纬线和42度纬线之间的平行圈存在冰山的消息。"

"在这个季节很正常。天气预报不错，没有雾，水温每小时在升高。为了防患于未然……还是得把这些信息贴在舷梯上。"

"好的，长官。"

"今晚，我们要看一下我们的常规程序。前面和后面甲板上的光遮起来。瞭望水手要值班。为了防止撞到冰山，我们之前走得太朝南了。不过，谨慎点总没错。你，科坦，把这位小姐送回去，然后好好竖起你的耳朵。"

他做了个友好的手势，出去了。

"他是船长吗？"我问道。

"是的，罗斯通长官。他可厉害了，从 13 岁开始开船。你知道他的绰号是什么吗？'电火花'！他充满活力，而且我从没见过像他那么有条理的人。他能够面对任何状况。"

哈罗德·科坦站起身来，把我带到门口。

"现在是吃早饭的时间了。快回去吧……你记住了：别玩侦探游戏了！"

我点了点头，不太肯定。

"谢谢。"我轻声说道。

"不客气。我有个和你一样大的妹妹，我习惯了。你愿意的话可以再来看我，到时候我教你看摩尔斯电码。好吗？"

"好的。"

甲板上很温暖，甚至有点热，我的脊背上却感到一阵发凉。冰山……它们会不知从什么地方冒出来吗，那些巨大的白色幽灵？我看了看大海，它就像湖泊一般平静。很难想象在几海里之外，冰山会漂流而来。不过……

✿

4月14日　晚上10点

今天下午，天气非常好，很多乘客搬出了他们的折叠躺椅。这是因为墨西哥湾暖流的关系。快到喝下午茶的时候——这里遵循的是英国习惯，我们感觉好像是在大夏天！今天是周日，不能玩纸牌游戏，所有人不得不手插口袋闲逛，船长在二等舱大厅里组织了宗教仪式。我们去参加了，接着吃了午饭，然后妈妈让我回船舱睡午觉。我不想睡觉，也不想看书。说实话，我觉得自己心情不太好。没能发出电报，我的调查打了水漂。朱丽亚侦探失业了。我一直很讨厌礼拜天，因为这意味着被迫的休息还有卡着脖子的连衣裙。

我今天晚上很郁闷，没心情写东西。我要睡觉了，这样会好些。我刚刚从舷窗望出去：夜空被满天繁星照亮着，海面像桌布一般平整。我是不是已经对这样的景色感到厌倦了？我开始打哈欠了，又是同样的一个夜晚，什么都不会发生。

●

4月15日　凌晨2点

如果不是情况忽然发生了戏剧性的变化，我本应该一边微笑着看看我之前写下的文字，一边准备上床睡觉。夜很深了，我正在甲板上，我的笔被紧紧地夹在我麻掉的手指间，我的旁边是一艘救生艇。一个水手刚刚过来发现了它，并把它翻倒在吊杆上。他没有看到我——这太好了，他一定会命令我回到船舱去的，我就不能在这里走动了。

这是等待日出的好地方……卡帕西亚号遇到灾难了吗？不，完全没有。正相反，它……

听我慢慢说来。

昨天晚上，我睡在床上。甲板上，一切都昏暗宁静。机器发出轻轻的隆隆声。我沉浸在无梦的睡眠中，黑暗无比，就像船底展开的无底深渊。我最后想到的事情，我记得很清楚，是我白天在甲板上听到的一场对话：一个法国乘客，他坚信深海中的鱼是没有眼睛的，因为眼睛对它们没用处，光线无法照射到它们……

"在一场风暴过后，在南图阿附近的西兰斯湖上捕鱼的船夫，在渔网里发现一些深海鱼，可以把它们叫作史前生物。大家都知道这个湖深不可测。"

"也许它根本就没有底！"他的一个女儿笑出了声，她大约二十多岁，是个金头发的"细竹竿"。

"要是这样的话，地狱就要重新被定义了。"他不动声色地总结道。

这些没长眼睛的鱼会长得像什么呢？我也许永远都不会知道答案。

我醒来的时候，刚过午夜 12 点，我感觉一整窝的老鼠忙着在我头上搬家。我在床上坐了起来，竖起耳朵听着。我感到很冷，在盥洗台上方的隔板上，我的玻璃杯在托架上发出叮叮的声音，就像钟摆一样规律。

慢慢地，我意识到机器的声音比我入睡的时候更响了。那些啮齿动物发出的吵声惊扰了我的睡眠：我听到脚步声、闷闷的嘎吱声，甚至还有说话声。有个人发出了指令，并被迅速服从了。

我的衣服乱七八糟地放在椅子上，我只需要一两分钟的时间就可以穿好衣服。我感到越来越冷，我穿上了大衣，在脖子上套了条围巾，然后轻轻地打开了船舱的门。

场面令我惊讶！三个女佣在我的远处，手里满是毯子，一种熟悉的气味挑动着我的鼻子：刚磨好的咖啡的味道。

肯定有什么状况发生……可是发生了什么呢？我偷偷地跟在她们后面。

到了甲板上，我只得马上折回去：一位海军下士正把好奇的人拦回去。

"水龙头没有热水了。"一个女人尖着嗓子抱怨道。

"机器要全速发动。"海军下士回答道，"热水供应停止了。暖气也是。请您回去睡吧，夫人。乘客不许上甲板。这是长官的命令。"

"为什么一下子那么冷？"一个只披了一件外套在睡衣外面的男人问道，他正索索发抖。

"我们正朝正北方行驶，先生。"

"到底发生了什么？"

"一起事故。"

"我们要沉没了吗？"

"绝对不会。罗斯通长官要去救另一艘船。"

我知道的够多了，马上折回去。当人们看不到我了，我开始跑起来。

科坦！无线电操纵员！我知道哪里可以找到他！他对我说过……

操控室的门敞开着。我谨慎地待在走廊的阴影里。哈罗德·科坦正坐在无线电前面，头上戴着耳机，眉头紧锁地操纵着按钮。我注意到他光着脚。

"我搞不明白……"他嘀咕着，"他们发的信号不一样了……是SOS！该死的机器！有150海里那么远，要我怎么……"

我轻手轻脚地走过去。我的影子罩在唯一一个电灯发出的黄色光晕里，惊动了操控员。他转过头，瞪大眼睛看着我。然而，他似乎并不怎么惊讶。他有着其他麻烦事。

"这是新的信号。"他喘了口气，"SOS代替了CQD。"

"CQD？"

"海上求救信号。最近的一条国际公约用SOS代替了CQD，因为它在远处更容易发射，也更容易被理解，并且它更简单：三短点，三长点，三短点……但我相信这个信号还没被使用过。"

他用手背擦了擦额头的汗水。

"这是个怎样的夜晚！"我蜷缩着靠在墙壁上，想要占据尽量小的空间，还好他没有立刻把我赶回去。

"是谁发射的信号？"我怯怯地问。

他深深叹了一口气。

"连我自己也不敢相信……是泰坦尼克号。它正在沉没……"

4月15日　凌晨2点20分

我还在甲板上。几位乘客也过来了：像我一样，他们尽量不打扰船员们。没有一个人说话。人们脸色沉重而紧张，一个女人拨着念珠，低声在祈祷。

我们以每小时17海里的速度在前进。谁能相信卡帕西亚号可以驶得那么快？船长在前面增加了瞭望水手，这样可以在发现浮冰和泰坦尼克号的信号时发出预警。一切都显得很安静——太安静了！海面像湖面一般平静，星星在黑夜中闪烁得格外耀眼。天越

来越冷。如何想象得到，在离这里几英里之外，一艘
庞大的船只正遭遇危险！刚才，我旁边有人在轻声猜
测，泰坦尼克号是碰到故障了，还是被另一艘船撞上
了。或者它搁浅在了纽芬兰岛的暗礁上？没人能找到
一个令人满意的解释，甚至有人觉得这会是个恶作
剧。有些人开玩笑自我安慰：

"等我们到了那儿，他们已经修理好故障了。"一
个裹着鲜红睡袍的矮小男士这样说道，"但愿他们至
少会邀请我们上他们的船吃早餐！让我们有一次意外
的机会参观这座移动宫殿！"

"我们还要多久才能到他们那儿?"另一位乘客
问道。

"我听领班说是4个小时。"一个年轻女子回答，
她冻得牙齿咯咯作响。

"他们不会有事的。泰坦尼克号有水密隔舱。它
一定可以浮起来。不过，要是得把它拖走，非烧爆了
我们的锅炉不可！"

渐渐地，评论停息了。我们望着大海，想要在远
处看到一丝火光。我觉得看到了一道暗绿色的光出现

了，又忽然消散了。我在想哈罗德·科坦是不是穿好衣服了？——当第一个求救信号传过来时，他正在脱衣服：衬衫脱到一半，耳机还戴着，袜子脱了一半。再过一分钟，他就要关闭设备上床睡觉了。

因此当他收到信号，闯进罗斯通船长的房间时还光着脚！船长已经睡了。听到消息，他一下子跳下了床，命令船只掉头朝正北方前进。卡帕西亚号此时是与遇险巨轮实际距离最近的船只——58海里。山寺号虽然只有50千米远，却被冰山困住了。泰坦尼克号的姐妹船奥林匹克号也正全速赶去，但是它离得太远了——500海里。法兰克福号，一艘德国船，同样正努力赶往出事地点。不过这两艘船最早也要在上午才能到达。

"告诉他们我们马上就到。"船长说完这句话就跑回地图室，计算接下去要赶的路。

我和科坦一起待到凌晨2点。然后我到了甲板上，没有泰坦尼克号的踪影。1点06分时，科坦截获了一个发给奥林匹克号的信息："准备好你们的救生艇。船的前面进水了。"几分钟后，另一个消息："船前面进水很快。"1点35分："水淹没机房了。"

"这样的话，他们只剩不到一个小时了！"科坦低声抱怨道，"难以置信！"

在1点50分，最后一次无线电交流："尽快赶到。锅炉快被淹了。"

就这样结束了。泰坦尼克号再没有音讯。

我们能够及时赶到吗？

4月15日　凌晨2点30分

现在是战斗准备：一大群人聚集在卡帕西亚号上。一切都准备就绪，只等迎接遇难船只上的人员。罗斯通船长以其长官的镇静发布着细致的命令，每一位船员——甚至是一些乘客都被分配到了具体的任务。妈妈和伯母正忙着收集暖和的衣服。其他的妇女正协助服务员们把毯子、咖啡和茶搬到大厅，厨师正在准备一锅锅的热汤。在登船名单上登记的三位医生也被召集起来：英国医生到头等舱的餐厅，意大利医生到二等舱的餐厅，匈牙利医生在三等舱。每个医生都要求了助手：路奇和爸爸也在其中。他们目前的工作是把小小的医务室里的各种药物搬来：补药、绷带、夹板和纱布。我的伯伯，不知道为什么，被招入了船上的警卫队：他的任务是尽可能地收集幸存者的姓名，这样一来可以尽快将这些信息传到卡普雷斯那边。

"我的船舱以及所有长官的船舱都要腾出来。"船长下了指示，"吸烟室和图书室都要用来安置幸存者，还有所有二层舱内的被褥……二层舱内我们自己的乘客要集中在一起。由一个服务员和一个警卫队队长值班，维持通往甲板的通道畅通。所有人听着，我命令大家遵守秩序和纪律，并保持冷静，避免任何混乱发生……有问题吗，先生们？"

我站在哈罗德·科坦的旁边，在奥林匹克号向他确认它的姐妹船已经停止发射信号之后，他也登上了甲板。

"我们什么时候发射烟火？"他问道。

"在2点45分，每隔45分钟发射一次，好让泰坦尼克号上的乘客知道我们正在赶去救援。"

他转过身，朝舷梯走去。

"但愿我们把一切都考虑到了。准备好所有的救生艇！打开舷门！女士，对不起，现在不应该……"

一个女人紧紧抓住了他的胳膊。我马上认出了她：紫衣女士！她用一条格子花呢毛毯裹着肩膀，一只手提着长长的紫色睡袍的卷边——又是一件不合身的衣服。

"先生，这非常重要……"

"什么事情？"他问道，面露不快。

"他们说我们偏离了原来的航线……先生，我一定要去直布罗陀……我家里有事情……"

他凝视着她。

"你家里的事情可以耽搁，女士，"他严厉地说道，"但是今天晚上关乎很多人的性命。"

他大步走开了，继续向全体船员发布命令。

我退后几步，给两个水手让出位置，他们要在一个舷门旁边放一个探照灯。紫衣女士的表情把我吓到了。她扭动着双手，似乎正受着一种极度焦虑的折磨。我听到她在喃喃自语：

"这不可能……他不能这么做……我会死的，是的，我会死的！"

我不由自主地朝她走了一步。她像是犯了错被发现一样，一下跳了起来，用锐利的眼神瞪着我。

"你在这里干什么，小八婆？"她嚷道。

我们周围，水手们正忙碌着，他们在舷门上挂吊凳和绳梯，组成可以吊起伤员的椅子。一个年轻的见习水手奔跑着经过，手上拿满了袋子，里面装着厚网。

"我要把这些放在哪里？"他叫道。

"这里！"一个长官对他说道，"这是用来吊起孩子的……"

"可怜的小孩，"年轻人一边放包裹，一边说道，"他们一定会被吓坏的。"

他没有注意到我们，走开了。紫衣女士俯下身子贴近我，五官扭曲。她的声音低沉、急速，带着恨意。

"我总是看到你斜着眼看我……"

她继续说道。

"你在监视我。我不喜欢这样。你这个间谍，你知道我是干什么的吗？"

还没等我做出反应，她就一把抓住了我的肩，把我朝栏杆边拖。在我的下面，暗黑的海水汹涌澎湃。

"他们现在很忙，没时间注意到一个小孩从甲板上掉下去。你给我小心点。听到了没？"

我一句话也说不出来，只能点头答应。

"很好，"她冷笑道，"我看得出你是个聪明人。"

她放了我。

"别忘了。给我小心点。"她重复道，"管好你自己的事。否则你会很惨的。"

我大气也不敢喘地在甲板上晃悠。我感觉自己像是刚从一个噩梦中醒来，但这不是在做梦！这个女人的的确确是危险可怕的！她刚才想要杀了我！

"别待在那里，小姑娘。"

一个女佣在我面前停下来，她端着一个装满碗的托盘，对我微笑。

"你这样很危险，今天有很多人要照顾呢！你跟着我吧，二等舱的餐厅需要人帮忙。"

我哆哆嗦嗦地站起来跟着她走。好几次，我偷偷地朝后面张望。我很害怕。那个女人就像巫婆般给我施了咒。

毋庸置疑，一定要给我伯母的朋友发那条信息……可是什么时候呢？如果我对哈罗德·科坦说刚才发生的事情，他会相信我吗？连我自己都不敢相信……

4月15日　凌晨3点

20分钟之前，我刚把一盘火腿三明治端上桌，只听到一声尖叫：

"就是那个！我看到了！它还漂浮着！"

我们都赶快跑到舷窗那里，可是，夜幕沉沉，很难看清楚什么东西。我披上之前脱掉的大衣，跑了出去。

"朱丽亚！"妈妈喊道，"待在这儿！"

我当作没听到。就一次！这样的一个夜晚需要破例，明天妈妈一定会原谅我的不听话的。

甲板上的人们各就各位。我认出了我的朋友锅炉工，他穿着横条纹的睡衣，脖子上套着一件粗毛线衫，脸像通烟囱的工人一样黑。

"不是我当班，"他对我解释，"但是我还是从床上跳下来帮助我的伙伴。我都来不及穿衣服！你将会看到那些伙计着了魔似的忙来忙去！有大事发生！我相信我们今晚打破纪录了。你感到这艘破船的震动了吗？它和我们一样激动，相信我！"

他向天边伸出手。

"那里。你看。那火光，就是泰坦尼克号。"

我瞪大双眼，我看到了：一道绿光，很清楚。

"那么我们快到了吗?"我紧张地问道。

"没那么快。它还很远。海上没有浪,所以才会有错觉,小姐。但是既然我们能够在距离这么远的情况下看得到,那些火光一定离水面很高。"

他把帽檐转到后面。

"也许我们能够在它沉没之前到达。"

正在这时,船头又传来一声叫喊:

"左舷二相位有冰山!"

我的两只手紧紧抓住栏杆,我尽可能地朝下俯瞰。海上有另一道光在闪耀,这不是船的光,而是星星反射在冰上的冷光。一开始只不过像一个小石子,然后变大、变大,直到像一座城堡的规模——一座美丽得不真实和令人忧虑的城堡,里面住着可怕的妖精。

"冰山在正前方!"一个瞭望水手又叫道。

接着我的右边又响起了喊声:

"右舷一相位有冰山!"

"可恶!"一个客舱服务员叫道,"我们不得不慢下来了。"

锅炉工转过头，激动地说道：

“你不了解我们的船长，小伙子！他不会就这样放弃的！我知道他的能力：我和他在宾诺尼亚号和布雷西亚号上一起待过。他从不会高声说话，但是他可厉害着呢！”

好像是为了强调自己说的话，他朝水里吐了口痰，一条长长的淡褐色唾液。

“我们会是头一个到的——我敢这么说……”

黑夜中，冰山从各个角落探出头来，就像披着裹尸布的幽灵。为了避开它们，我们的船逆风行驶，但是机器的速度并没有慢下来——恰恰相反，可以说卡帕西亚号还在加足马力。瞭望水手的叫喊声此起彼伏。我屏住呼吸：我们何时才能从这冰的海洋中成功突围？会不会撞到它们呢？不过，甲板上的人们看上去充满信心。餐厅和客厅里一切都准备妥当了，几个服务员也在甲板上围观。我听到他们高声叫着加油。看到一座冰山和船擦肩而过，他们中的一个叫道：

“嘿，伙计们，你们看到上面的北极熊在挠痒痒吗?"

所有人都放声大笑。

❀

4月15日　凌晨3点35分

泰坦尼克号的火光看不到了。现在是卡帕西亚号在发射烟火,每一刻钟发射一次,这是罗斯通船长的命令。笑声平息了,因为在冰山之间的航行变得越来越艰难,大部分的船员都回到了自己的岗位。

"为什么你还待在这里?你应该回到船舱里去,或者到餐厅和你妈妈待在一起。"哈罗德·科坦几分钟前对我说,他的嘴唇都冻得发紫了。

我摇摇头,没有回答。实际上,我很清楚我为什么待在甲板上,但是我不确定是否可以对一个陌生人解释清楚。我知道有些人,虽然不至于幸灾乐祸,但也总喜欢旁观灾难或者打听与此相关的故事。这种病态的好奇心一旦被满足，他们就转身享受自己的舒适生活，庆幸自己活着而别人在受苦。丑闻、谋杀和地震都会给他们的生活以刺激。我对此感到厌恶！如果人们认为我会从他人的痛苦中得到快乐，我会觉得受到了侮辱。不，不是这样的。而是……我该怎么解释呢？我感到，今天晚上，我更有活力了。今天我仿佛破茧而出。不管发生什么，我都会变得不一样——完全不同。我不能浪费这次转变的任何一秒钟。我只有在这里才能尽情表达我的想法，因为除了我自己以外，再没有人会看这些文字一眼。

"冰山！正前方！"

水手的喊声让我跳了起来，铅笔从我手中滚落下去。我在黑灯瞎火的甲板上摸摸索索捡笔的时候，船忽然来了个偏航，机器持续运转的声音也停止了。

碰撞刚刚好被避免了。

"我们就在泰坦尼克号最后指示的位置附近了。"哈罗德·科坦说道，"我不明白……我们得看看。"

日渐拂晓。海面上是一望无际的冰山，有些像蹲着的矮人，有些就像是巨人，它们在第一道晨光中闪耀着。我从没有见过那么美丽的场景。在西面，可以看到一条白色的细线。

"大浮冰。"路奇不知什么时候来到了我的身边。

我吸了一口气。大浮冰！那我们是在世界之极了！

风刮起来了，刺骨猛烈。海浪拍打着卡帕西亚号的船头。

忽然……

仿佛一个梦。在这片无边无际的冰洋中，忽然传来了一个婴儿的啼哭声。哇哇的哭声很微弱，却可以辨认出来。

路奇紧紧抓住了我的胳膊。

"那里，"他的嗓音透出紧张，"一艘救生艇！"

我什么也没有看到。冰山越来越高，海面仿佛凹陷下去。

"你眼睛被蒙住了还是怎么了?"哥哥急了。

终于,我看到了,在浪尖上,有一艘载了很多人的小艇。

"他们为什么都穿着白色的衣服?"一个带着神经质笑意的女人问道。

"那是救生衣。"一个水手头也不回地回答。

"他们是那么苍白!"

脆弱的小舟靠近了。可以清楚地看到,船上带着白星航运公司的标志。

"万能的上帝啊!"一位乘客叹息道。

"我们只有一个水手,很难操控船!"有人叫道。

"明白了!"舷梯上有人回答。

"关闭你们的机器!"

救生艇上一阵骚动,一个幸存者站了起来。是一个女人。风吹得她长长的裙子紧贴在腿上。她披头散发,用尽全力,发出尖厉的号叫:

"泰坦尼克号沉没了!所有人都在船上!"

4月15日　早上6点

　　救生艇一艘艘朝我们的邮轮漂荡过来。一个小时前，第一个幸存者上了甲板，她瘫倒在布朗警长的怀中。

　　"我叫伊丽莎白·艾伦……谢谢……哦，谢谢……我们一直在等你们……"

　　"泰坦尼克号真的沉没了吗?"布朗问道，他仍然不敢相信。

　　"是的! 大概2点30分的时候……太可怕了!"

　　说完这些话，她晕了过去。她被抬到一个餐厅里，其他的幸存者也被陆续抬到了那里，他们一个个冻得发抖，精疲力竭，面容疲惫，眼神呆滞。有的人在抽泣，有的人在搓手，或者拧着一颗纽扣、一条袖子、一件上衣的卷边，但是大部分人都出奇的安静，仿佛他们所遭受的可怕的冲撞、恐怖漫长的等待救援的夜晚，已经将他们所有的精力消耗殆尽。他们甚至已经没有力量去释放他们的绝望。他们像听话的孩子，被带往医务室。这是一支奇怪的队伍，既悲伤又滑稽：一个妇女在救生衣下面只穿了睡衣，另一个妇女还来得及在睡衣外面套了件大衣，还有一个穿着撕破了还被海水溅湿了的晚礼服索索发抖。几位男士穿着条纹睡衣，另一些有时间穿上了橡胶靴子、皮鞋、毛巾、皮草披肩，全副武装做好了去北极的准备。一个五六岁的小男孩被困在一个邮袋里。服务员给他茶水时他刚刚钻出来。

"不，"他用轻微但是清晰坚定的声音回答，"我想要可可。"

我禁不住想笑。服务员赶紧跑去拿来了一杯热腾腾的可可来。小孩的妈妈对他表示深深的感谢，泪水滚落到她苍白的脸颊上。这时，甲板上一个男人疯了似的跑来：

"华盛顿！华盛顿！"

小男孩没有反应，但是她的母亲发出一声轻轻的叫喊：

"哦，我的上帝啊！是你的爸爸，亲爱的！上帝保佑，他平安无事！"

她扑到丈夫的怀中，又哭又笑。

并不是所有人都如此幸运。每一次有救生艇靠近卡帕西亚号时，幸存者们都会涌向舷门。他们呼喊着亲朋的名字，仔细地在每一张脸中搜寻着，期望能找到一张熟悉的面孔。

"我的儿子！你在哪里，我的儿子？"

"你们看到我的姐姐了吗？她回船舱去拿她的珠宝盒……"

"比利！回答我啊！比利！"

一个小女孩倒在甲板上，她呻吟道：

"妈妈，哦，妈妈，我病了！"

一个泰坦尼克号的女乘客一上船，就转身指着另一个刚与她同船的幸存者破口大骂。

"这个女人踩在我的肚子上！可怕的家伙！"

我跳了起来。她歇斯底里的声音让我想起了刚刚发生的可怕遭遇。我沉浸在当前的情绪中，差点忘了紫衣女士对我的威胁。

她藏到哪里去了？我扫视着甲板。她并不在甲板上的人群中，像其他那些挤在获救者身边的卡帕西亚号乘客那样，给他们递热汤、衣服，或者让他们到自己的船舱里暂时休息一下。我舒了一口气。但是，一种不舒服的感觉在我心头蔓延开来。

于是我回过头，我看到了她。

她靠着桅杆，完全没有注意到我，似乎对来来往往的人群毫不在意。她的双眼紧盯着一个水手搀扶着的年轻女子。她应该不超过20岁，面无血色，眼睛大大的，美丽的黑色头发散乱着。她的嘴唇在颤抖。

"约翰……约翰……"她轻声重复着。

"那是约翰·阿斯托夫人。"阿德里亚娜伯母在我背后说道，"不知道她的丈夫被救起来了没有……他们先救援妇女和孩子。很多男人死了。真可怕……"

约翰·阿斯托夫人！我在哪里听到过这个名字？一下子，我想起来了，是在纽约，在我们出发前几天。妈妈和阿德里亚娜伯母把我支开好聊她们的八卦。现在她就在我的面前，一场轰动的婚姻给这个女人带来了如此的知名度！

"我同情她。"阿德里亚娜伯母喃喃自语道，"我们是多么幸运，能够在一起好好地活着！"

我抓住她的胳膊。

"那一位可并不同情她……恰恰相反。"

在紫衣女士的眼睛里，没有任何的同情。只有仇恨，还有一种……一种胜利的喜悦。她认识约翰·阿斯托夫人吗？不管怎么样，看到对方受苦她感到快乐……

4月15日　早上9点

"不，朱丽亚，不行。"

哈罗德·科坦正戴着耳机，敲打着铺满纸片的小桌子。我来找他，再一次祈求他发一份电报给我伯母的朋友。

"哈罗德，帮帮我！求你了！"我祈求道，"就一个消息！只有一分钟！"

"你知道我有多少消息要发吗？五十多份，这还不是全部！泰坦尼克号的乘客要给他们的家人报平安，这很正常……卡普雷斯那边不断地问我要失事的确切位置。他们想要我们发一份失踪者的名单过去，好像我们知道一样！还有救生艇没有过来呢！那些在办公室里工作的家伙，我，我敢保证……他们觉得自己什么都懂！我真巴不得看看他们在我们的位置上会怎么样。"

他抓了抓后脑勺，张大嘴打了个哈欠。

"我快睡着了。如果你真想帮我的话，给我拿一杯咖啡过来。不，把整个咖啡壶都拿过来！忘了你那荒谬的故事吧。"

我反驳他：

"但是这个女人威胁我！她想把我推到海里！"

"有的时候我也想那么做，无事生非的小家伙！她只不过是想吓吓你。你觉得被一个小侦探，或者一个觉得自己是小侦探的人监视着会舒服吗？现在请你走吧，我接下来有好多事情要做。"

我很不情愿地服从了。只因为我 14 岁，人们就不把我当回事。我敢肯定，紫衣女士掩藏着可疑的事情，非常可疑……但是怎么说服哈罗德呢？没有他，我什么都做不了。如果我要等到上岸才能发这份电报，那可就太晚了！

我既生气又无助，只好回到了甲板上。哈罗德的那杯咖啡有的等了，我一点也不想为他跑腿！

一艘载满人的小艇靠近了我们的船。

"这是最后一艘。"我旁边有人说。

我眯起眼睛计算着小艇上的人数。七十多个人！

"我不明白，"一个船员嘀咕道，"前面到的那些船连一半都没坐满。他们本来可以……该死，到底发生了什么？"

他说得对，在一艘救生艇上，我数到 12 个乘客，而实际上，船至少可以容纳四十多个人。

"这些船下水得太早了。"水手继续说。

"你想说本来所有人都可以得救？"一位医生问道。

水手深深叹了一口气。

"不。不管怎么样，位子对于所有人来说都是不够的……但是要怎样才能预见得到这样的灾难呢？永不沉没，永不沉没！他们嘴上只有这句话！哦，我的上帝！"

他哽咽了。

"以前在卡帕西亚号上工作的两个乐手也登上了这艘该死的破船。那两个勇敢的家伙：钢琴师西奥多·布莱利和小提琴手罗杰·布里丘。他们可高兴了！'我们要乘上一艘真正的邮轮啦！上面吃得可高档啦！'而现在呢，他们都喂鱼了！"

他转过头掩饰他的情绪。

救生艇继续前进，越来越慢，因为海上刮起了一股强风，波涛汹涌。水几乎漫到了船沿上。

"他们到不了了！"一位长官叫道。

卡帕西亚号迎着风缓慢地前行，罗斯通船长下了命令，朝救生艇的方向开。

"朝那里！"

"加油，兄弟们！你们快到了！再加把劲！"

但是，忽然一阵狂风使得小艇侧翻，紧接着一个浪打过去，接着又是一个浪。

"船要翻了！"

一个穿着制服的男人掌着舵，在最后一刻控制住了船，没有让它翻掉。几秒钟之后，船被稳住了。

我们的心都揪得紧紧的，看着泰坦尼克号最后一批幸存者登上船。他们的确是最后一批了，没有必要再无意义地晃荡了。在我们周围，海上空无一物，除了一些漂荡着的沉船残骸：长椅、软木碎片、救生衣……

"妈妈！"

我在这声包含了那么多的悲痛和宽慰的叫声中转过头。一个比我大一些的男孩，头发被海水打湿了搭在头上，在一个跪着的女人肩头抽泣着。

"你去哪里了？我到处在找你……"

"我在4号救生艇……"

他挣脱怀抱，用哀求的眼神定定地看着他的妈妈。

"爸爸呢？爸爸是和你在一起的……对不对？"

"不……"

"他在哪里？"

"我不知道……我不知道！"

我被打动了，犹豫着要不要靠近他们。我觉得似乎不应该跟他们说话，不应该打扰他们，但是我想要帮助他们。我能够站在这个男孩的立场，感受到他的难过和痛苦。礼节、害羞在此时都是多余的，这里没有成人和儿童之分，没有主人和仆人之分，只有需要一个手势、一句安慰的人类。

我鼓起勇气，将手放在了跪着的女人肩上。

"太太……"

她抬起头，像看着一个鬼魂一样看着我。

"如果您愿意的话……您可以到我的船舱休息。我的哥哥……"

我朝男孩微笑。

"我的哥哥和您的儿子差不多一样高。他可以借给他衣服穿。我的妈妈和伯母一定可以给您找些衣服。跟我来吧。"

她眼神迷惘，含糊不清地说：

"好的……谢谢。"

男孩站起来。他的眼睛非常蓝。

"我叫杰克。"他说，"杰克·赛亚。"

4月15日中午

闹剧就发生在罗斯通船长组织的纪念泰坦尼克号死难者的仪式上，地点是在头等舱的大厅里。我从没有到过这里，但是我注意到它也并不如传说中的那么奢华。花那么多钱买一张船票有什么用呢？墙板上多几幅雕刻就会有那么大的差别！马上，我又为自己有这种不敬的想法自责不已：我们在这里是为了祈祷的，几百个人刚刚泡在冰冷的海水中，而我……我是多么愚蠢啊！但是，我不停地想到那些可怜的人——那些今晚死去的人，那些失去了父亲、母亲、孩子、伴侣的人……总之，刚刚发生的事情实在是太可怕了。我无法把它表述出来，或者说我害怕不能很好地说清楚，留存在我脑海中的全是各种离奇的小细节。人类的想法真是稀奇古怪……

幸存者——至少那些可以站着的——还有卡帕西亚号的乘客，我们都聚集在一起，安德森牧师在给遇难者祷告。这时，我感到有个人溜到了我的旁边。我转过头，是刚才被我邀请去船舱的那个男孩，杰克·赛亚。他穿着路奇的裤子和上衣。现在他擦干身子了，他的头发是金色的自然卷。

他羞涩地朝我微笑。

"很感谢你。"

我有点不好意思，小声地说：

"没什么。"

在我们前面的一个女人回过头，用斥责的眼光瞪着我们。

"庄重些！"她嘘道，"至少认真一点！"

杰克正视着她。

"夫人，"他用不响但是清晰的声音回答道，"今晚我看到了几百人死去。有些人就死在我的身边……他们累死、冻死！"他愤怒地继续说道，"我听到了他们的叫喊，太可怕了。但是最可怕的是听不到他们的喊声，因为这意味着没有任何生存的希望了……而你说庄重些！你知道你在说什么吗？"

女人害怕地惊叫一声，脸色苍白地走开了。

"她并没有恶意……"我尴尬地说。

我没来得及说完我的话。所有人都唱起了圣歌，高昂的旋律盖住了我无力的辩驳。

祈祷结束之后，我们正准备回到甲板上，大厅的门哗啦一声被推开了。紫衣女士闯了进来，径直走到船长跟前。她满脸通红，气喘吁吁。

"我不相信……我听说你命令船开回纽约！这不可能！"

"这完全可能，女士。"罗斯通船长回答，"我没得选择。在我的船上有七百多名'客人'。我不能把他们扔到海里。"

"让他们在最近的港口下船！"她狂怒地说，"哈利法克斯离这里不远！"

"我想你的消息很灵通。"船长恭恭敬敬地继续说，"但是我们在路上可能会碰到冰山，我想这些可怜的人们不愿意这样。他们有他们的打算。至于亚速尔群岛，我们的燃料不够。"

"奥林匹克号没有要求把所有的获救者送上他们的船吗？"一个胖胖的、脸色红润、翘八字胡子的男士轻声问道。

他似乎对于船长的决定也不太满意。

船长叫道：

"先生，你也不想想！奥林匹克号是泰坦尼克号的姐妹号。它内部的装饰和刚刚消失的那艘邮轮一模一样！你想想这对于幸存者来说会带来怎样的打击啊！十足的噩梦！难道他们还没有受够苦吗？而且，我们不能让他们再经历一次海上转移。伊斯梅总经理也同意我的想法……"

在这快速的对话中，紫衣女人并没有走动，她摇晃着手臂，瞪大的双眼始终紧盯着船长。但是当船长想要离开在这女人周围聚拢的一小群人时，她忽然勃然大怒地冲向他，并用拳头捶打船长的肩膀和胸口。

"我不要回纽约！"她吼道，"你得把我送到直布罗陀！你没有这个权利！我是付了钱的！我抗议……我要打死你……"

船长抓住她的手腕，毫不费力地把她隔开。

"你似乎太激动了，女士，"他说，"我建议你回舱好好休息一下。随便你怎么抗议好了。我在执行我的任务，我只听从于雇用我的公司。"

这时候，一个六十多岁的老太太靠近我。

"原谅我的好奇，孩子，不过这个泼妇是谁啊？你认识她吗？我感觉她的脸很熟悉，但是我想不起来我在哪里见过她……"

这是一位泰坦尼克号的乘客，是最幸运的乘客中的一位！因为她的丈夫、女儿和她同时得救了。她很瘦小，弱不禁风，却又显得精力充沛。像大多数幸存者一样，她穿着别人的衣服，对她来说未免太长太大了一些。

我回答她：

"好像是……菲比·哈瑞森太太。"

她吓了一跳。

"你是说哈瑞森太太？格雷林的那个？密歇根州的？"

"是的，就是……"

"这不可能！"她打断我。

我好奇地盯着她。

"为什么呢？"

"因为我跟菲比·哈瑞森太太很熟。她是我的一个密友。我们一起上的寄宿学校！她也是我认识的最不愿意出门的人，另外，她的身体很不好。她绝对不会像这样出远门的……这个女人是个骗子！"

4月15日　晚上11点

爸爸妈妈狂风骤雨般的提问和谴责刚刚消停，他们的情绪交织着愤怒和庆幸。他们都非常害怕，我也是……

我们把时间提前一点。晚饭前，我被要求回到船舱，并且不准吃甜点，好像我偷吃了苹果一样。（路奇刚刚偷偷地给我带来了三块饼干和一些果酱……）不过，我现在有一整个晚上可以讲述我的故事！

事情是这样的：戴顿夫人——真正的哈瑞森夫人的朋友——走到了紫衣女士面前。后者看到了她，一下子脸色苍白。

"米娜……"戴顿夫人慢悠悠地问道，"米娜……是你吗？我就知道我见过这张脸。"

"你……你认错人了，"她结结巴巴地说道，"我

99

不认识你。"

"哦，你认识我。"这位泰坦尼克号的乘客坚定地说，"我们见过好几次……在你主人的家里。"

她转过头面向罗斯通船长。

"船长，"她继续说道，"有人刚刚对我说，这个女人假扮了我的一个老朋友，哈瑞森夫人。实际上，她叫作米娜。我不知道她姓什么，但我知道她是我朋友菲比的女佣……就在几个月前，她被解雇了，因为偷窃。"

"这不是真的！"紫衣女士叫道，"你在说谎！"

"菲比为此感到很难过，"戴顿夫人继续说，"她很信任你。"

"大家都看得出这个老女人她疯了！她在胡言乱语！"

"我不觉得，"船长用带着穿透力的眼神快速看了紫衣女士一眼，"继续说吧，女士。"

"你头颈里戴着的像章……"

戴顿夫人伸出手。

"菲比从不离身。晚上，她把它放在床头柜上……里面放的是她丈夫和儿子的照片，他们在一场列车事故中丧生了。从此，她就一直穿着丧服。她几乎只穿紫色衣服。另外，你还穿了一件她的衣服。这个戒指也是她的。"

紧接着，她质问道：

"你做了什么？我的朋友怎么了？以上帝的名义，回答我！"

紫衣女士依然装作一副愤慨和惊愕的神情，她环顾周围，像是要其他乘客为她遭受的侮辱做证，但是似乎没有人站在她那一边。突然，她像一头老虎般扑向了我，我是如此惊讶以至于都没反应过来。一转眼，她已经站到了我的身后，用胳膊攥住了我的喉咙，仿佛要掐死我一般，我感到一块钢片冷冷地横在我的脖子上——一把刀，她肯定是从口袋或者上衣里掏出来的。

"一步也不准动，"她吼道，"都不准动！否则我就一刀宰了她！"

有人发出惊恐的叫声。

"放开她！"杰克命令道。

她带着我后退。我脖子上的刀越来越紧，一道温热的血液流了出来。

"退后，年轻人！"

这是罗斯通船长的声音。他没有失去冷静——我还记得我问过他是否曾经失去过冷静！我被吓得半死，感觉身体已经不是自己的了——仿佛自己是个旁观者一般看着这个场面，仿佛所有这些事情降临在另一人身上。这是一种奇怪的感觉。

"看，"船长说，"你这么做没什么好处，夫人。立刻放开小女孩，我保证会尽我所能向法官求情的……"

米娜——这是她的真名——发出了冷酷的笑声：

"保证！你们所有人都擅长保证。但是，当你们要履行时，就完啦！一个人都不见了！我已经没什么好失去的了……这个小家伙，我第一天就想把她掐死了。都是她的错！都是！可恶……她监视我……"

她的手一用力，我便感到无法呼吸。

"你不觉得犯偷窃罪比杀人要轻得多吗？"船长继续劝她。

"这不是第一次了！你们以为呢？我会放过她吗，那个又老又丑的女人？"

"我的天啊。"戴顿夫人低声惊呼。

"多少年了，我给她擦脚底下的灰尘……多少年了，我听从她的命令……是的，夫人，好的，夫人……只要夫人您愿意……她答应我会在她的遗嘱里给我留下一笔财产。'你是一个好姑娘，米娜，'她这么说，'我会照顾你的。当我不在的时候，你可以有钱买间店铺，你可以独立。'谢谢，夫人……这就是我一直忍受她的原因。这些上流社会的懒女人，她们十个手指头从不干事。哪怕是捡一本书，她都要打铃叫我……现在，轮到她们受苦了！昨晚发生的事情，要不要我告诉你们？那是天谴。因为你们是一群腐化的人，腐化！你们要为此付出代价！所有人！你们的城市会崩塌，全部化为尘土！一场大火会把你们全部消灭！"

她靠近我的脸。

"你听到了吗？永远别忘了……要是你能活得够长的话就给我记着！"

我想要叫，但是不能够。

"你们要好好地把我送到直布罗陀去。在这期间，我会和这姑娘待在我的船舱里。如果你们还要她活的话，你们不想她像另一个家伙一样被割断喉咙，对吧？我拿到了我该继承的财产！她本来要把钱都给她的外甥女。我听到她跟律师那么说。当时，我就在门口……'那么您的女仆呢，哈瑞森太太？'他问，'您给她留一点遗产吗？''我的利息收入不如从前了，'我亲爱的主人回答，'一些股票也一文不值了。得先考虑我的家人。'我了断了她，毫不拖泥带水。"

她冷笑道。

"她没离开过家……现在她的尸体应该发臭了。你们现在知道我为什么不愿意回纽约了吧？是的，你们明白了吧？你们不是傻瓜。你们要按照我说的去做，否则……"

❀

我永远无法知道船长会怎么回答她，因为就在那时，发生了两件事情。

首先，附近一艘船上的报警器响了，声音盖过了说话声。这只持续了一两秒钟，但是这短短的时间已经足够使紫衣女士的警惕性稍有放松。

"是加利福尼亚号！"有人叫道。

这时，路奇扑了过来。

我从没见过他打橄榄球，但他后来对我说这是他一生中做过的最漂亮的抱腿。

他紧紧抓住紫衣女士的双腿，后者发出一声尖叫，倒了下去。刀片沿着我的锁骨划过，留下了一道长长的伤口，幸好只是表面的。我被包扎得很好，还得带着包扎直到靠岸，这一定会留下一道浅浅的伤疤——战斗的印记！那时候，我们两个四脚朝天，场面一片混乱。立马有几个长官扑到米娜身上，牢牢将她控制住，不让她动弹。

"把她带到她的舱里去。"船长命令道，"派两个人守在门口……"

紫衣女士挣扎着，嘴里不停咒骂。

"等她安静些，我们让安德森神父跟她说话。"罗斯通船长继续说，"我也得审问她。"

他俯身对我说：

"你怎么样，小女孩？"

我怎么样？我完全不知道，我太震惊了以至于什么想法也没有。

"哦，这是你的学生，科坦！你愿意照顾她吗？"

电报员把我像一个包裹一样抱起来：

"待会儿我要问她几个问题……"

"我也是！"

那是妈妈的声音。

"你要向我解释，朱丽亚，为什么你会牵扯到这件肮脏的事情中去的……我的上帝！你受伤了！快，医生！她在流血！做点什么！"

"救救……现在。"然后我晕了过去。

4月17日

我一直被关在船舱里。只在吃饭的时候才被准许出去。妈妈把我护送到餐厅，等我一吃完就马上陪我回去。我就像一个犯人！这不公平，因为，我没有犯任何罪！暴风雨般的指责降临到我的头上。细节我不想多说，总之，我的母亲自问曾经犯了什么过错，上天要给她这样的惩罚。很容易猜到，惩罚，就是我，她的女儿。

我被困在四堵墙里面，被黑暗吞噬。我已经看过所有我随身携带的书，整理了一遍又一遍我的衣服，绝望之中，我打算做做针线活（多么可怕）……那时候是4点钟，有人敲响了我的门。

是杰克！

他坐在我的床边，问我：

"我待一会儿，你不介意吧？"

我使劲摇了摇头：

"求求你留下来。你知道时间对我来说有多么漫长！可我的父母要我反省我的过错，一直到我们回了纽约。"

"你们还是会去意大利吗？"

"是的。乘下一艘船。丘纳德公司会赔我们的船票……我想。"

他清了清嗓子：

"我想对你说……"

"什么？"

"我觉得你非常勇敢。那个可怕的女人……她差点把你杀了，你，却能如此冷静！"

我向他解释，当刀架在我脖子上时，我感觉自己变成了两个人——我仿佛在自己的身体上方飘浮。

他点了点头，沉思着。

"我明白你的意思。我有时候也会有这种感觉……当我们在木排上的时候。"

接着他开始说，不停不断。他的眼睛停留在舷窗前面的窗帘上，但是我相信他并没有看。他甚至没有意识到我的存在，他回忆起了那个可怕的夜晚。

"船撞上冰山时，我爸爸已经睡了，我和妈妈正准备睡下。撞击并不强烈。那时候我站着，但是并没有强烈到要摔倒的感觉。我套了一件大衣，马上跑到靠左舷的甲板上。一切都很平静。我跑去船尾看有没有冰的痕迹，但是我没看到什么……我又回到了船舱，我的爸爸妈妈陪我到甲板上，这次是到了靠右舷的甲板，还是一点冰山的影子也没有。但是，这时候我们注意到船有些向右舷侧倾，并且越来越厉害。一个服务员通知我们，船长让全体乘客到甲板上集合，并穿上救生衣。他说只是预防措施。于是我们回到了船舱，快速地穿上了所有的衣服。我们穿上了救生衣，并在外面套上大衣。"

一丝微笑在他的唇边一闪而过。

"你要是看到我们的怪样子……活像一头头熊！"

他的笑容消失了。他看了一下手指，用一种单调的嗓音继续说道：

"我们重新回到甲板上。乘客们三三两两待在一起，没有人表现出很担心的样子。人们互相打招呼，说笑着……在头等舱的吸烟室里，牌局还在继续着。一个男人走进来，挥动着一块巨大的浮冰，有人马上招呼他：'我正需要这个，放到我的威士忌里。'然后，妇女们被要求到左舷集合。我们到了 A 甲板，在楼梯的顶端。那时候没有一个人会想到船真的会沉没……"

我还是打断了他：

"没有人提醒你们情况的严重性吗？"

"史密斯船长显然想要避免大家的恐慌。这是一项安全措施：先让妇女儿童下到救生艇里，船员修复故障，几个小时以后，所有人都可以回到甲板上了。这就是为什么第一批救生艇下去的时候大半都还空着。海上，一切都是冰冷漆黑……而泰坦尼克号还散发着耀眼的光芒。大厅里很温暖，这让人觉得待在那里比待在小船上更安全……我知道妈妈不想要乘船，她也没有上船……我们过了一会儿在 B 甲板上碰到了。我和我的父母就是在那里走散的。"

"怎么了？"

"我的爸爸妈妈在前面走，我在后面跟着。某个时刻，我忽然看不到他们了。人群聚集起来，人们开始意识到要快一点了。当我终于可以挤进人群的时候，我到处找他们，可就是找不到。这大约是船沉没前半小时的事情……"

他闭上了双眼。

"那是我最后一次见到我的爸爸。前一晚，我在梦里又经历了这个场景：我看到他的背影——他总是站得很直——在我妈妈的旁边。我叫他，但是他没有听到。他走了。我想要接近他，但是我的腿像灌了铅一样重。落水的人挡住了我，一个个死人的身体不停地碰到我，一具具闭着眼睛、浮肿着脸、皮肤苍白冰冷的尸体……哦，朱丽亚，你明白吗？我没有对他说再见，我没有对他说我爱他，没有对他说做他的儿子我很自豪，而现在一切都太迟了！"

眼泪在他的脸颊上流淌。我不知所措！我从未见过一个男孩哭泣……而且，我跟他不熟！如果他是我以前的同学，不用说我一定会把他抱在怀里，安慰他。"你什么时候意识到事情的严重性呢？"我心想。我双手抱住他的头靠近自己。他把手合抱在我的腰间，抽泣了很久，就像个无法从噩梦中摆脱出来的孩子。

我不用再受罚了，这要感谢……赛亚太太，杰克的妈妈。她找到了我的父母，为我的过错辩护。

"朱丽亚的陪伴让我的儿子感觉好了很多。"她对他们说，"这是一个有魅力的女孩，她活泼开朗，她让他忘记了自己的不幸！"

妈妈见我受到了称赞，心软了。今天早上，我又可以登上甲板了。能够再呼吸到海的气息是多么幸福啊！我带杰克参观了船，接着，我们坐在折叠帆布椅上，他继续他的讲述。

"我以为我的爸爸妈妈坐到了一艘救生艇上，"他讲道，"疏散继续着。我和那天晚上吃晚饭时认识的男孩一起来到了右舷。他叫米尔顿·C.隆，来自纽约。我们一直待在一起直到最后。"

他的眼睛湿润了，但是稍稍平静了一下，他继续说道：

"救生艇很快出发了。有几艘已经看不见了。我们本以为可以坐上其中一艘的，最后一艘是从右舷下水的，但是救生艇上载了那么多人，我觉得上去并不安全。在靠近栏杆、指挥舷梯的后面一点，米尔顿和我在那里待了一会儿。我的周围，没有一个认识的人，除了林雷先生，晚饭的时候我和他说过话。我们在邮轮上很容易认识别人，但是这种类型的关系，一般来说，上岸以后就不会继续了。妈妈通常都说这不会有什么结果的。几分钟后我就看不到他了。接着，三等舱的一群乘客在一个服务生的带领下冲到了甲板上。据说很多人被困住了，根本就找不到救生艇。"

我只能发出一声气愤的叫声：

"这太可怕了！为什么不帮助他们呢？"

他耸了耸肩。

"要救的人太多了……而且，"他重复道，"没人想到泰坦尼克号会那么快就沉没！另外，很多三等舱的乘客不会说英文。服务员没法让他们明白到底发生了什么。"

膝盖上盖了条披巾，躺在杰克旁边躺椅上的女士插了进来：

"我听到一个泰坦尼克号的长官提到这个问题……莱特托勒先生，真是这样吗，年轻人？"

"是的，夫人。他是二等军官。他展现了出色的勇敢和效率。"

"这样啊。"她靠近我们轻声说，"他说那些人，那些移民，就像野兽一样。他用的就是这个词。他们踢开一等舱的门，揍船员……他们想要用武力抢到一艘救生艇……你们能想象要朝天放枪才能隔开他们吗！真是一群野蛮人！"

她摇了摇头：

"没人能改变我的想法，地中海人、意大利人、斯拉夫人，当然还有各地的犹太人，他们和我们的文明程度不一样。也许他们和我们就不是一个人种。你们知道吗？我在一本有趣的小册子上看到这种说法，作者清楚地展示了雅利安人种的优越性……"

我再也不能忍受了，站了起来。

"走，杰克。我们走。"

我觉得恶心又愤怒。

"发生了什么事，朱丽亚？你为什么要跑？"

杰克抓住我的胳膊。我朝向他说：

"你呢？你怎么什么也不说？"

他不解地看着我。

"她太夸张了，"他结结巴巴地说，"不过我也听过这种说法。有些科学家的确认为……"

"那他们就是骗子！"我反驳他，几乎是叫道，"我就是意大利人，杰克。看看你，再看看我。你真的认为我属于更低层的人种吗？"

"当然不！但这不是一回事！首先，你是美国人，而且……而且……"

"这就是一回事！这个女人……我肯定她每周日去教堂做礼拜，她自认为是一个虔诚的基督徒。但是她相信一个可怕的事情！你还不明白吗？"

我狂怒地擦了擦我冒着汗的脸：

"先救头等舱的人是不对的。比起你们上流阶级一分子的死，穷人、意大利人、斯拉夫人、犹太人的死是不重要的，这是不对的，杰克。只因为有蓝眼睛和金头发，有些人就自认为高人一等，这也是不对的。"

我的朋友困惑地望着我。当我提到他的头发时，他碰了碰自己的头。他显得那么尴尬以至于我忍不住笑了。

"我们别说这个了。我发火了……我的脾气很可怕，你知道的。所有人都对我这么说。"

"事实上，你是对的。对不起，朱丽亚。"

❀

我们走到了船头。泰坦尼克号的获救者们正躺在躺椅上休息。有几个人裹在三四条毯子里睡觉，有些人在看海。他们眼神中的一些东西让我起鸡皮疙瘩：痛苦、忧虑，还有一种恍惚，仿佛他们离开了熟悉的世界，看着无法分享的回忆。

我们学他们一样久久注视着海浪翻滚。杰克没有说话，我尽量去尊重他的沉默。然后，我们碰到了一个高高的年轻人，他右手拿着一个画夹。

"请允许我自我介绍，"他略带点可笑、毕恭毕敬地说，"我叫斯奇德摩尔，我给报纸画画……"

他轻轻拍了拍他的画夹。

"我想要画一系列表现泰坦尼克号沉没的画。你愿意帮我吗？你很年轻，你一定看得清楚，观察仔细。而且，你还有最新的记忆。当然，如果这不会让你觉得不安的话。"

杰克皱了皱眉。

"画画……可为什么呢？"

"首先，大众想知道发生了什么，我的职业就是给他们想要知道的信息。其次，肯定会有调查确定沉船的真正原因，最小的细节都会有帮助。"

"我不明白这有什么用，"我反对道，"人没法起死回生。"

"当然了，小姐，当然。但是，应该把不清楚的事情弄明白，为了使类似的灾难不再重演。"

杰克看了我一眼，眼神暴露了他的慌乱。

"啊……我正在给朱丽亚说呢。"

"那么继续吧，年轻人，继续说。别管我。"

他在我们旁边的躺椅上坐下，用夹子在他的画夹上固定了一张纸，并从上衣口袋中掏出一支木炭画棒。

"左舷的位置不断升高，"杰克用闷闷的声音继续说道，"所有的救生艇都下海了，但是甲板上依旧灯火通明，乐团依然在演奏。正在这时，有乘客开始从船头跳下。有些人开始游向救生艇。可惜，大多数救生艇已经离他们很远了……我也想这样做，但是我害怕落水时摔晕了。米尔顿和我想法一样。他觉得最好还是等。也许船的一部分会漂在海上？这是我们微弱的，但是唯一的希望。

"我们很快意识到我们错了。几分钟之后，我注意到吊杆之间有一根绳子。一颗星星在上方闪烁，但是它在慢慢地坠落。我对自己说：'我们得救了，泰坦尼克号在浮起来。'但是紧接着，船开始以大约30度的角度快速陷落。完了，它在沉没，必须得抓紧时间了。我们回到栏杆边上，离第二根烟囱不远的地方。我对米尔顿说再见，然后我们跳了下去。他沿着船身滑落，消失在黑暗中。我没有再见到他。我比他要幸运，因为在跳的时候，我和船保持的距离比较好。我碰到了水，沉了下去——冲击如此之大，我几乎都没感到冷——然后我浮了上来，一股力量把我往泰坦尼克号相反的方向推。如果没有这股力，我肯定就淹死了。

"当我浮上水面，我看了看周围。船看上去像是被一圈耀眼的光所包围，在黑夜中如此清晰地显现出来，就像着了火一样。水已经淹到了第一个烟囱的底部。船上，一群人在往后跑，一直往后跑，想要跑到还露在水面上的船尾位置。叫喊声夹杂着爆炸声，显得更加响亮，锅炉和机器与基座断开，发出沉闷的爆裂声，震耳欲聋。"

记者用快速但是清晰的笔法勾勒着当时的场面。我看得入了迷：巨轮的船尾上满载着黑色的小点，那是恐慌的人类。

"突然，船断成了两截，船头部分断开后浮在水面上，另一部分朝天耸起。第二个烟囱，大到两辆车可以从正面开过，也连根断开，在坠落之前射出了一道火花。我以为它会把我压倒，还好，它在离我 8 到

10米远的地方掉落。烟囱的坠落引起了一个漩涡，把我带向了海底，我只有不断挣扎，用尽全身力气。我觉得我快死了，不过我是那么冷，死不死都一样了。

"我终于再次浮上了水面，因为呛到水而咳嗽着。这时，一个大浪把我一卷，就在我要失去意识时，我感到我的手碰到了一个翻倒的救生筏的软木板。泰坦尼克号上除了救生艇以外，还有两艘救生筏。几个人不太灵活地控制着救生筏。他们中的一个向我伸出手，拉我上了船。其他的落水者挤到我们周围，一会儿，我们就救起了三十多个人。这个时候，泰坦尼克号已经所剩无几了。还在船上的人像蜂群一样挤在一起，当船尾耸向天空呈65或70度角时，他们一个个从75米的高处坠落。这时，船静止不动了，仿佛在水上被吊住了一样，这段时间对我们来说是如此漫长。我们那时恰恰在三个大螺旋桨的下方。我觉得一转眼它就会倒下来，把我们压死。但邮轮慢慢沉入海里。什么也没有了，什么也没有……"

杰克长长叹了一口气，抬起头，仿佛从灵魂附体中苏醒一般。

"当船尾沉没时，我们想离开，可因为我们只有一把桨，没法划出去很远。我们周围，还有人在残骸中游着。大海非常平静……布里德，无线电报员，就在我旁边，他跪倒着。我记得我们在祈祷……"

杰克用手抱着头。斯奇德摩尔还在画。

"然后漫长的等待开始了。每一次我们看到另一条救生艇，就大声呼喊：'哦嘿，救生艇！'但是他们听不清我们的叫声——周围还有落水者的叫喊，他们祈求着救援，可我们在黑暗中无法辨别出他们的位置——最后只能放弃。天非常冷，所有人都无法动弹，水不停地溅到我们身上。

"凌晨的时候，起风了，救生筏摇摇晃晃。布里德，无线电报员，为了鼓舞士气，不断对我们重复着：卡帕西亚号三个小时后会赶到。要坚持住。在3点30分还是4点钟的时候，我记不太清了，在我们的救生筏船尾的几个人叫道，他们看到了你们船桅杆上的灯。一个男的跪在我的旁边，所以我看不清楚。莱特托勒二副也在我们中间，规律地吹响他的哨子。我们偏航了，我们想被救生艇牵引，因为翻倒着的、又满是人的救生筏无法控制。最后，两艘救生艇靠近了我们：4号救生艇和12号救生艇。第一艘把我们一半的人接了上去；我上了第二艘。我甚至都没注意到我的妈妈就在4号救生艇上面，因为我太累了，她也是。她整个晚上都在划桨。大约三刻钟之后，我们被救上了卡帕西亚号……后来发生的事情你都知道了，朱丽亚。"

杰克不说话了。斯奇德摩尔先生放下了他的笔，我们静静的都不敢动。然后我的朋友喃喃道：

"你知道吗……我看到死亡就在身边发生。我不知道我是不是还能像以前那样生活。你明白吗？"

他并没有给我时间回答。

"不。你不会明白的。你真幸运，朱丽亚。真幸运。"

❀

4月18日　20点30分

我们进入了纽约港。我不敢相信离开这个城市只有一个星期。我觉得这几天就像过了几辈子一样。我感到自己长大了，更老练了，但也不再无忧无虑。

杰克站在我的旁边，我们看着码头上黑压压的人群。一大群人等候着幸存者，肯定有几千人。我不敢把头转向我的朋友。很快——一小时，也许更少时间——我就要对他说再见了。我还会再见到他吗？

我看到我们经过了自由女神像。所有的地方都下了半旗。天空下起了倾盆大雨，卡帕西亚号的周围挤满了各种汽艇和船只，船上记者用高音喇叭大声问着各种最奇怪的问题：

"你们在撞船之前看到冰山了吗？"

"泰坦尼克号是不是开得太快了？"

"听说有乘客被枪杀了，是不是真的？"

"史密斯船长真的为了逃避责任自杀了？"

"在邮轮沉没时，乐队演奏的是什么曲子？"

在我身后，我听到几声冷笑，是哈罗德·科坦。

"吸血鬼，"他低声埋怨道，"他们就会乱写！我敢打赌他们已经开始乱写了。船长拒绝他们上船是有道理的。"

他把湿淋淋的帽檐重重地压低了。

"差不多到抛锚的时候了，"他继续低声抱怨，"享受你们最后的安静时刻吧。"

他没多说一句话，转身走了。我靠近杰克。他什么也不说，但他抓起了我的手，紧紧握着。我的眼眶含着泪水。还好天几乎全黑了，没有人看得到我，他也看不到我。尤其是他看不到我！

船慢慢靠近了岸边，然后停了下来。

"我们不靠岸吗？"我的右边有个声音问。

"他们要先把泰坦尼克号的救生艇放下……它们被吊在船身边上，影响操作。"

带着白星公司标志的小船一艘艘下到水中，镁的白光撕破了黑夜。人群中发出隆隆的响声，激动着，渴望着。杰克紧紧地抓住我的手臂。他脸色苍白，神情紧张。

"看！"他喘息着说。

人潮汹涌着拥到了我们脚边，人们纷纷给医护人员让路，紧跟着的人抬着一口棺材……

"棺材，"杰克悲叹道，"哦，朱丽亚。"

他激动地转过来，把脸藏到我的肩上。因为他比我高，他弯下了身子。但是，此时此刻，我真希望他是个小男孩，这样我就可以好好安慰他。

我傻乎乎地重复着：

"没事的，杰克。没事的。你会把一切忘记的……"

我知道我在说谎，他也知道。他站起身，用灼热的目光注视着我。

"不，朱丽亚。我永远都忘不掉。"

他又一次俯下身，他的唇掠过我的唇。

"你也是，我永远都不会忘记。"

❀

4月18日　午夜

一切都结束了。今晚10点，海关手续快速完成，舷梯被架好，在令人压抑的寂静中，第一批获救者开始下船。接着，欢乐的喧哗声响起了：某一家人的担忧打消了……但是，不久眼泪就代替了欢乐的叫喊。

我心情沉重地数了一下，711个幸存者，但巨轮上本来有两千多个人……

杰克和他的妈妈是最后一批走的。在登上舷梯之前，赛亚太太感谢了我父母的帮助。

"我的儿子和我会经常想到你们的。"她用和善但是有距离感的口气说道，"你们是那么关心人，那么慷慨大方。我真希望能够补偿你们……"

我看到爸爸挺直了身子。

"补偿我们什么，太太？"他用一种生硬的口气质问道，"我们只不过履行了天主教徒的义务罢了。"

"是的，是的。"她含糊地笑笑同意道。

杰克握紧了我的手。

"再见，朱丽亚。"他喃喃地说，"但愿我们可以再见。"

但是他的眼神躲避着我。突然，他在船上说的一句话浮现在我的脑海里："我们很容易在邮轮上建立关系，但是这种关系，一般不会在岸上继续……妈妈总是说这不会有什么结果的。"我和杰克的友情，也一样，不会有什么结果的……我们不是一个世界的。他的母亲一定会这样提醒他。

我咬着嘴唇，努力不让自己哭出声来，我看着我的朋友走过舷梯上了岸。在那里，他回过头，向我用力地挥动手臂。我挥着手，努力让自己微笑。

我知道这是我最后一次见到他。

"擦干眼泪……"

一只戴着手套的手递给了我手帕。是阿德里亚娜伯母，这一幕都被她看在眼里。

"谢谢。"我含糊地说道。

她摸摸我的脸颊。

"我可怜的孩子……你这么小，就要承受这样的痛苦。"

"我不知道你在说什么。"我狠狠地摇了摇头反驳她。

"你懂的。你也许会觉得你的难过会伴随你一辈子。可是你只有14岁，朱丽亚。你勇敢又聪明。在你身上有很多可能……"

她用一根手指抬起我的下巴。

"答应我不要自怜自哀。你是一个自由国家的一个自由公民……没有人可以轻视你。"

她笑了。

"你知道吗？我猜得到你有远大的志向，也许在写作的领域……"

我惊讶地看着她。

"你怎么……我从没跟人说起过……"

"你忘记了我是个观察家吗？不过，即便我不是，这也不难猜到。你总是在你的本子上疯狂地写着什么……我很了解你……我会帮你的。"

她用她灵巧的手整理了一下我的头发，整理好我皱皱的衣领。

"如果你不唉声叹气而是奋斗的话，我就帮你。如果你为了你想成为的样子……你应该成为的样子而工作。明白吗?"

"那很难。"我低声说。

"我知道。但是，你可以的，我感觉得到。好了，走吧。你爸妈在等我们呢。"

她勾着我的手走向船尾。

码头上，人群消散了。没有星星的夜晚吞噬着这个城市。

5月1日

"朱丽亚! 我叫了你三次了! 你给我快一点!"

妈妈的声音回荡在狭窄的楼梯里。我们回家了，一切都没有变，除了我自己。我房间里熟悉的装饰让我觉得有一些不真实，就像……就像有人用一张难看的照片替代了一幅油画。一切不再清晰。

"好，妈妈，我过一分钟就下楼！"

在我的周围，桌子上、床上，全是散落的报纸，都是关于泰坦尼克号的。"我们急忙跑向船尾，"这是《太阳报》的描述，"然后是撞击，所有人都害怕极了！""受到猛烈撞击的惊吓，恐慌的乘客们在可怕的金属碎裂的声音中从船舱中涌出，急忙赶到大厅……"我耸了耸肩膀：根据杰克的讲述，大部分的乘客甚至都没有注意到邮轮刚刚撞到了冰山上……两个星期前的一期《世界报》上已经有了这样的题目："卡帕西亚号拒绝给出失踪者名单！"我笑笑，有点难过。我想到了哈罗德·科坦，想到了我没有带给他的咖啡……就像无线电报员预料到的，有关沉船事件的报道日益爆出令人目瞪口呆的细节，而且与事实完全不符：比如，一个二等舱的乘客，艾米利奥·博塔卢比，在一块冰上骑着马待了四个小时！一头纽芬兰犬在船沉没的最后一刻跳出了邮轮，并把一艘救生艇拖到了卡帕西亚号那里，还欢快地吠叫着……乐队一直演奏着，直到海浪掩埋了小提琴的声音，勇敢的乐手依然没有放下他们的乐器……

"你应该写下你的回忆，朱丽亚。"上个星期天晚饭后，阿德里亚娜伯母对我提到，"你在海上一直都在记东西。我肯定你写的要比所有这些胡言乱语精彩得多！"

我假装没有听到。失望的伯母和妈妈说起了话。当然，她不知道我回家第二天就开始了这项工作……但是现在我还不能说。在我面前是一堆整齐的稿子，只等着寄出了……可是寄往哪里呢？报纸？可我的故事中没有感性的东西……于是我在公共图书馆里找了几家出版商的名字和地址，今天我要做第一次尝试。妈妈正好要我买东西。我带着我的包裹奔到了邮局。包装纸、剪刀、绳子都在，就在我的手边……我必须快。妈妈已经等得不耐烦了。可是我还缺少一样非常重要的东西：题目。

我坐在桌子前面，用手指敲打着木头桌子。短促的三下，拖长的三下，再短促的三下。我停了下来。刚刚这是什么？一个信号？三短、三长、三短……

"朱丽亚，你到底下不下来？肉店要关门了！"

那是在卡帕西亚号上……那个夜晚。在船舱里，或者不如说是在无线电报员的壁橱里。

"这是新的信号，SOS 替代了 CQD……海上求救的信号。三短点，三长点，三短点……"

他还说了什么？

"它还从未被使用过。"

我奔向门。

"我来了，妈妈。"

我回到桌子前，用颤抖的手，将羽毛笔蘸了墨水，在我作品的第一页上写下这几个字——"SOS 泰坦尼克号"！

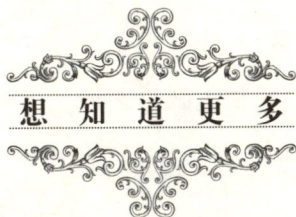

他们后来怎么样了？

卡帕西亚号

在第一次世界大战期间，卡帕西亚号继续在地中海上运输乘客，在 1915 年，它被划定为行驶纽约—波士顿—利物浦航线。虽然它本来的用途是用来运输军队的，但是实际上并没有被这样使用过。

1918 年 7 月 17 日，这艘丘纳德航运公司的邮轮被一艘 U55 德国潜水艇发射的两颗鱼雷击中，出事地点是在离爱尔兰法斯特奈特岛以西 220 千米处。一个小时之后，第三颗鱼雷又击中了它，那时候乘客已经登上了救生艇。爆炸中有 5 名水手丧生，其余的船员和 57 位乘客登上了 H.M.S. 雪花莲号到达了利物浦。

1999 年 9 月 9 日，美国国家水下及海洋组织（简称 NUMA）宣称利用声呐设备在水下 156 米处发现了卡帕西亚号的残骸。

2000 年 9 月 22 日，NUMA 得到了第一批残骸的影像。除了三颗鱼雷以及船沉没时锅炉爆炸给船体造成的巨大裂痕，卡帕西亚号看上去几乎完好无损。

杰克·赛亚

这本书中的一些人物纯属虚构，但有一些是真实存在的：罗斯通船长、卡帕西亚号的无线电报员哈罗德·科坦、乘客斯奇德摩尔以及泰坦尼克号的幸存者杰克·赛亚。这位年轻人向朱丽亚讲述的泰坦尼克号沉没的经过大部分都取材于他的回忆录。

在到达纽约之后，杰克和他的母亲乘上私人火车，回到了他们位于宾夕法尼亚州哈弗福德镇的家。

之后，他从宾夕法尼亚大学毕业，进入一家银行工作，娶了一位叫作洛伊斯·卡赛特的年轻女子，有了两个儿子，爱德华和约翰。

1940 年，杰克·赛亚出版了一本册子，讲述他在泰坦尼克号上的经历，或许是为了摆脱一直缠绕着他的可怕回忆。

第二次世界大战期间，他的儿子爱德华在太平洋服役时失踪，之后杰克选择了结束自己的生命。1945年，杰克去世，享年 50 岁。

听历史学家蒂埃里·阿普里尔说

1912 年 4 月 14 日，泰坦尼克号正进行它的首航，它从英国港口南安普顿出发，到达了距离纽芬兰岛东南 720 公里处。船上有 1324 名乘客和 899 名船员，目的地是纽约。船以每小时 22 海里，也就是每分钟 700 米的速度航行。在 23 点 40 分，两位在桅楼值班的人敲响三声钟给值班长官发布警告："在距离船身正前方 600 米处，一座冰山出现在大雾之中。"长官马上命令将舵打往左舷，机器马力倒转，并关闭水密隔墙。

但是泰坦尼克号开得太快了，转向又太慢。冰山给了船身巨大的压力，将金属板压碎，并拔起了螺栓，拉出了一个 90 米长的裂口。水涌入了船中……半夜 12 点，泰坦尼克号的无线电报员发出了一个求救信息，指示出它所在的位置——北纬 41° 44′，西经 50° 24′——并寻求帮助。凌晨 12 点 15 分，同样也在船上的泰坦尼克号总工程师托马斯·安德鲁查看了船的损伤情况，他断定泰坦尼克号会在2小时内沉没。于是船长爱德华·史密斯做出了让乘客撤离的决定。

12点45分，所有的乘客接到警报，要求他们穿好保暖的衣服，穿好救生衣，走出船舱。12点55分，救生艇开始下水，妇女和儿童优先上艇，但是本应该可以搭载1178名乘客的救生艇只拯救了706人。凌晨2点，16条救生艇中的最后一条下海驶离了。乐队始终在甲板上演奏着，船上大约还有1500个人。

这些人都死在了大西洋冰冷的海水中。泰坦尼克号的船头坠落，船尾一开始垂直竖立，后来在2点20分时也沉入海底。杰克·赛亚的叙述让人清楚了解了船沉没的过程。船的残骸直到1985年才在海底3800米处被发现。

4月14日至15日那个冰冷夜晚沉没的泰坦尼克号并不是一艘普通的邮轮，它是迄今为止最大（269米长，从龙骨到烟囱的长度是53米）、最重（67000吨）、最奢华和最安全的邮轮。它曾是白星航运公司的骄傲。

"大西洋蓝带奖"之争

当时，白星航运公司与丘纳德航运公司（卡帕西亚号的拥有者）一样，都是四大航运公司之一。白星公司是建立于20世纪的英国公司，在1904年被富豪J.P.摩根控股的一家美国信托公司所购买。白星公司为了巩固它在北大西洋上的统治地位，决定启用三艘超级邮轮：奥林匹克号、泰坦尼克号和巨人号，它们都能够在安全、舒适和前所未有的快速之下，运载3000多名乘客。

竞争的关键在于商业利益：要给普通顾客足够有吸引力的价格，又要给富人提供豪华的环境，同时给所有的乘客以安全和快速。于是一场真正的竞赛在各家航运公司之间展开了，目标是得到著名的"大西洋蓝带奖"，这个奖授予最快横跨大西洋的邮轮。自1897年起，一艘德国邮轮蝉联了这个奖项。但是，在1907年，丘纳德航运公司的毛里塔尼亚号打破了之前所有的纪录，用4天19小时横跨大西洋，平均速度达到每小时27.4海里。

海上巨人

　　1909 年 3 月，泰坦尼克号由世界上最大的造船厂，位于北爱尔兰布加法斯特的哈兰德与沃尔夫造船厂开始建造，整整花费了 3 年时间才建成这艘海上巨轮。1912 年 4 月 21 日，巨轮起航。泰坦尼克号经停英国南安普敦、法国瑟堡和爱尔兰昆士敦之后，在茫茫大洋上开始了它的跨大西洋之旅。

　　邮轮设计者的本意是想让它永不沉没。铆合钢板制成的双层船体由 15 道防水隔墙构成 16 个独立舱。如果一个舱进水，可以通过电子遥控在舷梯上把隔墙关闭；8 个水泵一旦使用，每小时可以排出 400 吨水。拥有这样的系统，即便两个舱进水，船也不会有危险，因为其余的船舱可以保证船的浮力。不少于 29 个蒸汽锅炉能够给螺旋桨传输 46000 马力的能量。

　　船的其他方面也都是前所未有的精工细作：船形、颜色、空调设备和灯光照明设施（10000 个灯泡），防火设施，甚至还配有障碍物声音探测系统，后者很显然并没有发挥作用……无线电操作员配备有发明于1838年的传统摩尔斯传输系统，同时也拥有无线电报设备，是由意大利人古格列尔莫·马可尼发明的可以发射和接收无线电报的设备。摩尔斯系统很可靠，所有的水手都了解这个系统。1908年的一次国际会议上决定用SOS代替CQD作为海上求救信号，前者打起来更快。但是人们仍然沿用旧的信号，直到泰坦尼克号的无线电操作员在船遇险时，才发出了第一个SOS。

沉船调查

之后，一个美国和一个英国的调查委员会都表示泰坦尼克号没有配备足够的救生艇，以至于无法救助所有的乘客。他们也试图解释沉船的原因。他们揭露了船舶设计方面的缺陷，特别是螺旋桨和舵的尺寸太小，影响了操纵的速度。在危险面前缺乏足够的预防措施：船长对于其他船只发出的冰山预警没有足够的重视。另外，同样在船上的白星公司董事长布鲁斯·伊斯梅很有可能促使船长提高了船的速度。

然而，泰坦尼克号行走的航线完全符合常规路线。出于安全的考虑，它甚至比常规路线稍稍偏南一些。泰坦尼克号的确非常不幸地遇到异常的气候。在一个异常的暖冬之后，两极的大浮冰融化开来，大浮冰漂流的位置比往常更往南一些。在发现沉船残骸时，人们也发现制造船身的钢在低温下很容易发生断裂。归根结底，这次航行的各位负责人对于船的技术安全性过于乐观了。

自由生活：移民的历险

为了讲述这一航海史上最著名的海难，《泰坦尼克号》的作者选择了通过一个纽约小女孩，也就是卡帕西亚号乘客的朱丽亚·法奇尼的视角来观察。卡帕西亚号是第一艘到达失事地点的船只，它大约是早上5点到达的。7小时之后，卡帕西亚号的船员救起了706位幸存者中的大多数人，他们于4月18日抵达纽约。

越洋航海公司之所以财大气粗，是因为他们搭载了数以千计的乘客。在 19 世纪末期，欧洲无疑是世界上最富有的大洲。但是，尽管它的经济增长很快，并不是所有人都能够在那里找到工作。一些欧洲人为了寻找耕地而移民，他们中的大多数人来自贫瘠的农村地区。一些人是为了逃离当地的压迫或者寻求政治避难而远走他乡。

美洲是他们主要的目的地：北美的美国和加拿大，南美的阿根廷、巴西和乌拉圭……从美洲到欧洲的航线同样繁忙，因为很多的美洲人要去欧洲旅游、探亲或者永久定居。

这些移民美洲的人大多数来到纽约。在 20 世纪初，纽约是第一大港，也是美国人口最多、工业化发展最迅速的人口聚集地。纽约的首座摩天大楼"熨斗大厦"，建成于 1902 年，达到了 95 米的高度。在 1910 年，纽约城中有五百多万居民，40% 是移民。

自 1886 年起，从欧洲来的移民就可以看到自由女神像的身影，以及它著名的铭文，埃玛·拉札路斯的诗：

把你们的那些人给我吧

那些穷苦的人

那些疲惫的人

那些蜷缩在一起渴望自由呼吸的人

自 1892 年起，他们需要在埃利斯岛登陆，在那里接受体检，并接受一系列的询问，才能够踏入美国的领土。在 1892 年至 1924 年，有 2200 万移民跨过了埃利斯岛，1900 年至 1910 年，有两百多万意大利人进入美洲。

头等舱、二等舱和三等舱

朱丽亚·法奇尼和她的家人都是来自意大利的移民。1870 年起，这些人从意大利的热那亚或的里雅斯特启程来到纽约。而美国社会与欧洲社会一样，非常不平等。

一小撮人掌握了财富和权力的核心。这些人买得起泰坦尼克号的头等舱船票，价格大约在 3500 至 4350 美元（相当于现在的 50000 欧元左右）。在这些巨富乘客中，有纽约梅西百货的创始人依沙多·斯托思、百万富翁本杰明·古根海姆以及纽约商人约翰·雅各布·阿斯托四世，后者靠房地产和毛皮生意发家。他毕业于哈佛，同时还是发明家、小说家和艺术赞助人。他与妻子一起从瑟堡出发，随行的还有一个仆人、一个女佣和一个护士……他的私生活被报纸披露，在当时引起了轰动：他在46岁时与一个18岁的年轻女子结了婚……

至于贫穷的移民，同样的航程，他们的票价大约是30至60美元（345到690欧元）。但是头等舱和三等舱的人们彼此碰不到面，甲板与甲板之间是不连通的。

美国梦

因此，这样的社会很因循守旧，严密监视着每个人是否恪守着自己的位置，有时候甚至是暴力的（因此小说中的女佣杀死了女主人），并且很多人都对意大利和斯拉夫移民心存敌意。在这样的情况下，欧洲人在到达美国之后，很自然地就会设法建立一个自己熟悉的世界。他们以街区为单位聚居在一起，保存自己的语言、信仰、节日、传统，并设法通婚。例如，朱丽亚的母亲忠于自己的天主教信仰（像章、弥撒等等）的方式就很有代表性。

但是，朱丽亚的家庭也是美国梦的代表，即通过工作和勤劳致富。因为这个社会是民主的，可以指责"小偷公爵"，也可以提高自己的社会地位。纽约也是一个熔炉，使来自不同地方的不同人逐渐成为同样的美国人。

布鲁克林，纽约人口最密集的地方，从1863年起通过著名的悬桥与曼哈顿连接在一起。这也是法奇尼的家族生意繁荣起来的地方。小生意、杂货铺、服饰缝纫用品店给商人带来不错的收入。朱丽亚家雇了一个爱尔兰女佣，并且还能够支付二等舱的船票。旅行是出于思乡情结，不过同时也是对家乡人证明自己成功的方式。

如这幅白星公司海报中所示，泰坦尼克号原定于 1912 年 4 月 20 日从纽约出发返回欧洲。

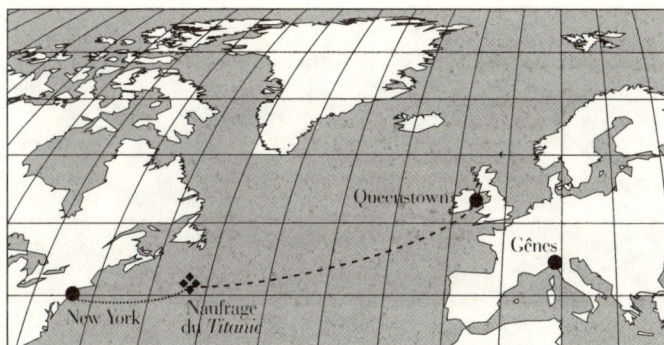

┌┈┈┈┈┐ 泰坦尼克号的航线

┌────┐ 卡帕西亚号的航线，直到失事地点。

❖ 失事地点：北纬 41° 44′，西经 50° 24′，泰坦尼克号在 1912 年 4 月 15 日 2 点 20 分沉没。

泰坦尼克号沉没时并没有照片记录，不过很多艺术家从幸存者的描述中得到了启发。

泰坦尼克号四艘折叠艇的一艘，由卡帕西亚号上的一位乘客拍摄。

相关作品

值得一读的书

《泰坦尼克号的惨剧》，西蒙·阿德姆斯著，"发现之眼"系列，伽利玛青少年出版社

《泰坦尼克号之夜》，瓦尔特·罗德著，亨利·霍尔特出版公司

《移民的历险——他们成就了美利坚》，南希·格林著，"发现之眼"系列，伽利玛青少年出版社

《徒劳无功——泰坦号的沉没》，摩根·罗伯森著，海盗船出版社

（这本书 1898 年在美国出版，讲述了巨轮泰坦号的故事。和泰坦尼克号一样，它号称"永不沉没"；也和泰坦尼克号一样，它在首航中撞上冰山沉没。其他预言性的细节如：泰坦号上的救生艇同样不够装载所有的乘客。）

值得一看的电影

《泰坦尼克号》，詹姆斯·卡梅隆导演，凯特·温

斯莱特和莱昂纳多·迪卡普里奥主演

《意大利裔美国人》，马丁·斯科塞斯导演

（一部有关纽约意大利街区"小意大利"的美好纪录片，导演本人就在那里长大。）